La casa blanca de las babosas gigantes

Jorge Cervantes

La casa blanca de las babosas gigantes

Cervan

Paco Cabrales, Rey de Vidmar, señor de la casa blanca de las babosas gigantes, era un pobre hombre sin nada que perder. Subsistía recluido en una casa heredada, con un trabajo basura y sin nada en su vida de lo que sentirse orgulloso. Hasta que dio con sus huesos en un reino fantástico dentro de una botella de cerveza, que llevaba treinta y cinco años en la nevera.

Allí conocerá un universo increíble lleno de animales extraños y un pueblo dispuesto a lo que haga falta para salvarse de un terrible mal que amenazaba con destruirlo todo y a todos.

La casa blanca de las babosas gigantes

Jorge Cervantes

La casa blanca de las babosas gigantes

Cervan

La casa blanca de las bab  *s*

@Jorge Cervantes Vázquez

Impresión y editorial: BoD-Books on Demand

info@bod.com.es – www.bod.com.es

Impreso en Alemania – Printed in Germany

ISBN: 9788413264691

Capítulo I

omo tantos días, me sobresalté al oír la alarma del despertador, que resonó en mi cabeza como si estuviera hueca. La noche anterior me había pasado bastante con la bebida y sentía un horrible dolor y unas considerables náuseas.

Rodé en la cama con la mano derecha extendida en busca del maldito chisme, que hacía repiquetear un ornamento metálico sobre una pequeña campana, emitiendo una intensidad sonora muy por encima de lo que cualquiera hubiera imaginado de tan diminuto artefacto. Derribé, a mi paso por encima de la mesilla de noche, varios objetos que había ido acumulando a lo largo de la semana. Tenía la manía de vaciar el contenido de mis bolsillos antes de quitarme los pantalones y hacia el domingo me encontraba con una gran diversidad de "souvenirs", que normalmente acababan en la bolsa de la basura. ¿Por qué no usas la alarma del móvil?, solían preguntar mis amigos. Ya nadie tiene estos aparatos, insistían. En realidad, usaba una gran cantidad de tecnología desfasada por una razón. Tras su muerte, mi abuelo me había dejado en herencia su casa y yo me había mudado allí. No tenía mucho sentido seguir abonando un alquiler cuando tenía un sitio perfectamente habitable a mi disposición.

Paco Cabrales, que así se llamaba, me había criado junto a su mujer desde niño y compartía con él mi nombre completo, aficiones, facciones e incluso el carácter, según comentaba habitualmente mi abuela. Mis padres murieron en un accidente de tráfico siendo yo un bebé y mis abuelos paternos asumieron mi custodia. Eran buenas personas, humildes y sinceros. Derrochaban amor por cada poro de su piel y entre ellos aún se querían más. Fuimos una familia de revista hasta la desgraciada muerte de mi abuela que enfermó de cáncer cuando yo contaba con solo diez primaveras.

A partir de aquel momento todo cambió. Mi abuelo, aunque seguía siendo cariñoso conmigo, cayó en una profunda depresión que lo volvió huraño y reservado. Se encerraba en casa y procuraba no tener demasiados contactos. Lo recuerdo siempre sentado escudriñando antiguos libros y pergaminos que coleccionaba, en el mismo sillón en el que yo había cenado una pizza y diez cervezas la noche anterior.

Pero volviendo a la casa. Se trataba del típico piso de los noventa, decorado al gusto de dos jubilados en aquella época. Tapetes sobre cada mesa, papel pintado en las paredes, alfombras y muebles pasados de moda, tan envejecidos que parecía que se iban a desintegrar con solo tocarlos. Según uno entraba por la puerta le envolvía un olor a rancio y humedad, a tuberías, no sabría describirlo mejor, pero era como el "olor a casa de viejo". Por mi parte, tenía la idea de renovar todo aquello algún día, cuando contara con ahorros para invertir en tales banalidades, aunque de momento no ocupaba precisamente el número uno de mi lista. Me conformaba con vivir el día a día, mis cervezas por la noche y dejar que el paso del tiempo me fuera consumiendo.

Aún tumbado, logré accionar el botón del despertador y detener aquella tortura. Noté cómo menguaba el dolor en mi sien derecha nada más dejó de sonar y me dejé caer sobre el roñoso colchón de muelles en el que dormía, o al menos lo intentaba, cada noche.

Ya era cerca del mediodía y debía levantarme y asearme para ir a trabajar al cine del barrio. El único cine no perteneciente a una gran multinacional, con infinidad de salas y comodidades, que aún resistía abierto en mi ciudad. Proyectábamos, sobre todo películas de bajo presupuesto o de dominio público y contábamos con una clientela muy fiel a la que, en realidad, poco les debía importar el título en sí. Un lugar pintoresco y raro de encontrar en los tiempos que corrían, donde parecía que la década de los noventa nunca hubiese terminado y todo estuviera exactamente igual que en aquel entonces.

Ataviado con mi pantalón de pinzas, mi camisa blanca metida por dentro y mi pajarita roja, me ocupaba yo solo de todo. Acomodaba al público, vendía palomitas, proyectaba la película, cobraba las entradas…, para eso tenía que preparar minuciosamente cada detalle antes de abrir o sería incapaz de cumplir con todas mis tareas. Aun así, mi trabajo me gustaba. Era lo único en mi vida que no me daba ganas de colgarme de la primera viga que encontrase. Tenía treinta años, sin pareja, ni estudios, unos cuantos amigos para jugar a algún videojuego y poco más. No había nada que me apasionase o por lo que hacer ningún esfuerzo más allá de seguir respirando.

Perezoso, llegué hasta la cocina con el propósito de desayunar algo que aplacara las ganas de vomitar. El antes lugar predilecto para reuniones familiares, donde hacía los deberes del colegio acompañado de mi abuela, o cenábamos entre risas viendo alguna comedia en la televisión, era ahora un cenagal lleno de suciedad en los azulejos. Los fogones estaban anegados de la grasa de las fritangas que acostumbraba a prepararme, el suelo estaba impracticable debido al tiempo que llevaba sin barrerse o fregarse, lleno de restos de comida y polvo pegado, que se habían convertido en parte inseparable de las baldosas. Me aproximé a la nevera a sabiendas de que poca cosa me estaría esperando. Con suerte un poco de fiambre para meter entre dos rebanadas de pan de molde y tirar con eso el resto de la jornada, hasta que al llegar la noche pudiera prepararme unas croquetas congeladas o alguna guarrería precocinada y fácil de hacer.

Tal y como vaticiné, un poco de chorizo y un queso mohoso descansaban en la balda superior. Los cogí de mala gana y cuando me disponía a cerrar, vi la mayor de las excentricidades de mi abuelo. Eso que había sido motivo de disputa cientos de veces seguía colocado en el espacio del interior de la puerta.

Una botella de cerveza que llevaba allí guardada desde que tengo uso de razón, sin que nadie tuviese permiso para tocarla bajo ningún concepto. Tenía escrito un mensaje a rotulador permanente: "No abrir"

Por encima, pegado al cuerpo del electrodoméstico y lleno de escarcha, un cartel hecho a mano que repetía la misma orden.

Como un basilisco me lo había gritado en muchas ocasiones. "¡Jamás abras esta botella!, ¡jamás!", "no sabes las cosas que te pueden pasar si la abres".

Y allí se había conservado por lo menos treinta años, aunque seguramente más, la dichosa botella de cerveza de cristal ámbar cerrada con un tapón de rosca. Nadie había osado siquiera acercarse al objeto que tan celosamente guardaba, ni nadie había conseguido una explicación al respecto. Simplemente no se tocaba y punto.

Esa, como he dicho, era la mayor de las rarezas de Paco Cabrales, senior. No quiero con esto decir que fuera la única, pero sí la más extravagante.

El día transcurrió de forma normal. Salí de casa con tiempo para no tener que apurar el paso, cosa que me molestaba sobremanera. Mejor arrancar cinco minutos antes e ir andando despacio que tener que correr y pasar todo el día con la ropa sudada. El recorrido de siempre, con las personas de siempre en los comercios habituales, ocho horas en el trabajo, una visita a mi proveedor habitual de hierba y de vuelta a casa cargado con seis latas para una noche de consola y porros.

Emitiendo un suspiro, me apoyé en la puerta nada más llegar. Mi momento preferido del día era precisamente cuando cerraba a cal y canto, vaciaba los bolsillos en la mesita y me quitaba los pantalones para poder empezar a ser yo mismo.

Me dispuse a cumplir con mi ritual nocturno en el sofá del abuelo, abrí la primera cerveza y me lie el primer canuto cuando vi en la televisión una película interesante sobre un accidente de aviación en la que salía una de mis actrices favoritas, de modo que ya tenía plan. Habría sido uno bueno de no ser por el craso error que cometí aquel día. Consumidas ya todas las existencias de alcohol y drogas me dieron las seis de la mañana y aún seguía con ganas de prolongar la velada, así que, no teniendo nada más que llevarme a la boca, cogí la botella del abuelo. Sabía que no debía, entre otras cosas, porque seguramente me provocaría alguna enfermedad estomacal. Una cerveza metida en la nevera más de treinta años… ¿A quién se le ocurre?

La sujeté y me la puse frente a los ojos, tratando de examinar el interior. Todo parecía normal así que con un gesto de pasotismo me dispuse a girar la rosca y a bebérmela de un trago. Daba igual el sabor, daba igual todo, solo quería estar un rato más colocado.

La mano izquierda la sujetaba con fuerza, la derecha agarraba el tapón con la muñeca totalmente flexionada y de un giro se abrió con un ruidito de gas saliendo expulsado.

Una gran corriente de aire me empujó por la espalda, hasta el punto de tener que dar un paso hacia delante antes de tratar de darme la vuelta para ver qué ocurría. El viento aumentaba de manera exponencial. Me giré y aquella fuerza cambió de dirección. Entonces me di cuenta. No venía aire hacia mí, sino que todo el contenido de la habitación se estaba desplazando hacia la boca de la botella. No tardé en verme luchando contra la nada. Algo tiraba tan fuerte de mí que hacía que arquearse la espalda. Me ardían los brazos y las manos y me dolía tanto el cuello que finalmente me dejé ir, acabando con la cara pegada a la boquilla que ejercía una presión descomunal contra mi frente. Noté como mi cabeza se reducía y alargaba y cómo, poco a poco, entraba por el cuello de aquella botella. Veía mi casa a través del cristal translúcido mientras seguía avanzando por el conducto. El roce de mi piel contra el vidrio emitía un sonido atronador y mis hombros se desencajaron provocándome un dolor atroz, que terminó por hacer que me desmayase.

Aún sumido en la oscuridad escuché el sonido del mar a mi alrededor. Olas rompían una y otra vez de manera rítmica y muy cerca. Tenía todo el cuerpo aletargado, sobre todo el torso que estaba agarrotado y comprimido como si me hubieran colocado un enorme peso encima. A la vez, notaba alivio como si ese elemento pesado acabara de desaparecer mágicamente. Bajo mis manos arena fina que se me pegaba como si estuviera mojada. Ya a esas alturas era evidente que me encontraba en una playa, y ya sin abrir los ojos empecé a preguntarme cómo era posible que me hubiese transportado hasta allí. Pero fue mucho peor cuando vi lo que me rodeaba.

Efectivamente estaba junto al mar, pero no un mar corriente de aguas turquesa con olas rompiendo y generando espuma. Era amarillento. Un océano ámbar hasta donde alcanzaba la vista y se perdía en un horizonte del mismo color, surcado por aves marrones similares a las gaviotas, pero con los picos negros. Revoloteaban sobre mí, quién sabe si ávidas de conseguir carroña o simplemente para saciar su curiosidad. Nunca había visto a aquellos animales que se me acercaban y huían sobresaltadas con cada uno de mis movimientos. Me senté tratando de buscar una explicación racional y pensé que quizás con los golpes había desarrollado una especie de daltonismo, aunque lo descarté enseguida al ver mi ropa. Era como se suponía que debía ser.

Tras unos minutos reuní las fuerzas necesarias para ponerme de pie y buscar algún rastro de civilización. A medida que avanzaba me iba quedando más y más claro que aquel lugar era imposible, que no existía en el mundo un sitio que pudiese ser así. La playa terminaba en una selva llena de una extrañísima vegetación de tonos color ocre y marrón, similares a palmeras y helechos, aunque distintos a cualquier especie que hubiese visto antes. Incluso los insectos y la fauna que allí habitaba exhibían las mismas tonalidades y eran similares a los que conocía por los documentales de la televisión, aunque no del todo idénticos.

Pensé que si seguía la línea de la costa encontraría, tarde o temprano, alguna construcción o muelle que me llevaría directo a alguna ciudad o pueblo pesqueros, de modo que me puse manos a la obra y caminé observando durante horas, quedando asombrado de las diferencias y las similitudes con todo lo que conocía.

¿Dónde estaría?, ¿qué lugar de la Tierra sería para que los efectos de luz del crepúsculo hicieran parecer que todo lo que me rodeaba había cambiado de color? ¿Cómo habría llegado hasta allí?

Por fin vi una figura acercarse desde lejos. Parecía un jinete que cabalgaba por la playa a lomos de un extraño corcel que en lugar de trotar reptaba, pero a una velocidad impresionante para un animal de tal tamaño.

Mi asombro fue mayúsculo cuando se acercó. Un hombre montaba sobre una especie de babosa obesa de color marrón, que me miraba con sus ojos saltones como si supiera que no era de allí. Emitía gemidos débiles y agudos, ridículos dado el aspecto de la bestia, que no paraba de mover su cuerpo como si estuviera hecho de algún material gelatinoso al que le cuesta recuperar su forma tras cualquier movimiento.

Sobre aquel bicho, acomodado encima de una silla de montar que no sé muy bien a qué iba sujeta, un caballero me miraba sonriente sin decir absolutamente nada. Era fuerte, alto, con una melena castaña que ondeaba al viento e iba perfectamente afeitado. Vestía pieles curtidas parecidas a las de las cebras solo que a rayas marrones y blancas, cosidas de tal manera que conformaban un mono atado con cuero a la espalda como si fuese un corsé. A aquella pieza de ropa la complementaba una capa de piel decorada con gran cantidad de conchas marinas, que se adherían a ella con algún tipo de pegamento. En la cabeza, una cinta con una pequeña corona bordada sujetaba su pelo.

-Hola. -Dijo por fin.

Incapaz de responder y boquiabierto ante semejante escena, no dejaba de mirar alrededor descubriendo con cada giro de cabeza, nuevas extrañezas. Increíbles plantas y animales que distaban mucho de todo lo que había visto hasta ese momento.

-Has tardado mucho. Ya pensaba que no ibas a venir y que tendría que apañármelas yo solo.

-Creo…, creo que te confundes, ¿qué es este sitio?, ¿dónde estoy?

El hombre se echó a reír a carcajadas ante mis narices, de una forma que me pareció bastante exagerada y molesta.

-Pues sí que estás perdido, papá.

Era evidente que se trataba de un error. Nada encajaba, no era capaz de razonar, ni siquiera de pensar en una contestación para aquel hombre mayor que yo, que se reía llamándome papá.

-A ver caballero, -rebatí airado. No sé con quién me está confundiendo y la verdad, no me importa lo más mínimo. Pero está claro que no puedo ser su padre. Yo me llamo Paco y…

-Paco Cabrales, rey de Vidmar, señor de la "Casa blanca de las babosas gigantes". Sé perfectamente quién eres.

Debía de ser una alucinación. Lo más probable es que estuviera soñando o en coma. No lograba encontrar ninguna explicación racional ante la cantidad de cosas extrañas que estaban presentando ante mí. Aún confuso, decidí seguirle el juego a ver a dónde quería llegar.

-Está bien "hijo", ¿y ahora qué?

-Ahora nos vamos a palacio, allí el viejo te lo explicará todo y dejarás de poner esa cara de "moncro". —sentenció sonriente.

A regañadientes y tratando de tocar lo menos posible al animal, monté en la babosa gigante y me agarré a la cintura de mi guía que, con una orden hizo que toda aquella masa comenzara a deslizarse a gran velocidad.

Aturdido por el viento que me obligaba a cerrar los ojos y hacía imposible que abriese la boca, tuve por obligación que guardar silencio, si quería seguir respirando. Rebotábamos a cada bache, aunque he de reconocer que las cualidades físicas de nuestra montura hacían las veces de una amortiguación bastante aceptable, mejorando bastante la travesía en comparación de lo que pintaba en un principio. Durante el paseo pude fijarme mejor en un paisaje que contaba con grandes desfiladeros sobre el mar ámbar, caídas abruptas y cañones interminables. La inmensidad de aquel lugar te hacía sentir diminuto, aún más siendo conscientes de la velocidad a la que nos movíamos. En pocos minutos dejamos atrás los cañones y nos adentramos en un espeso bosque. Árboles marrones de hojas puntiagudas bloqueaban la luz del sol a nuestro paso bajo sus frondosas ramas, de las que colgaban especies de lo más variopintas que nos miraban como si estuvieran acostumbradas a ver pasar babosas supersónicas a diario.

El camino serpenteaba una y otra vez y yo me aferraba con todas mis fuerzas para no salir volando y acabar perdido en el bosque bizarro con Dios sabe qué clase de depredadores acechando.

La vegetación se hacía cada vez más espesa dejándonos prácticamente a oscuras, por lo que el animal tendía a detenerse, aunque a medida que disminuía la velocidad, unas pequeñas punzadas con los talones hacían que la babosa desistiese y se deslizase más rápido esquivando árboles y raíces hasta que de pronto, la luz nos cegó. Habíamos salido del bosque y la claridad del día hizo que frenásemos en seco para no estrellarnos en la primera curva. Aún deslumbrados mi acompañante empezó a hablarme.

-Ahí está. La casa blanca, el palacio del rey. Allí nos esperan buena comida, bebida y una charla importante con el viejo.

En el horizonte, en lo alto de una colina un extraño edificio hecho con lo que parecían dos bloques gigantes de piedra blanca que destacaba entre los tonos ocres de aquel mundo. Esculpidos de tal manera que recordaban a dos gigantes olas enfrentadas con una oquedad en el centro que dejaba pasar los rayos del sol, reflejando la luz en las enormes vidrieras de diferentes colores que adornaban todo el edificio, lo que creaba un efecto bellísimo desde la distancia. Abajo, en el valle, cientos de casas hechas de algún material parecido al adobe, acogían a los súbditos del rey que iban y venían como hormigas atareadas.

Al acercarnos al pueblo nos perseguían con los ojos. Todos parecían conocerme. Me sonreían y saludaban. Algunos niños se acercaban tímidamente para luego echar a correr en la dirección opuesta, tras haber saciado su curiosidad.

Aún montados, atravesamos un mercado con decenas de puestos de alimentos y pieles con los dibujos y formas más caprichosas que había visto. Los vendedores callaban a nuestro paso. Algunos bajan la cabeza o hacían una leve reverencia al vernos y después continuaban con la venta de sus productos.

El cristal estaba presente en muchos de los tenderetes en forma de joyas, jarrones, figuras, estatuas o instrumentos musicales. Sopladores de vidrio se dedicaban a esculpir sus obras de arte, en directo. Rodeados de multitudes que aplaudían y reían sin parar, envueltos de un ambiente festivo.

En el centro de la ciudadela una enorme puerta, también hecha de vidrio, daba acceso al entorno ajardinado que rodeaba el palacio. Defendida por dos guardias armados, estaba cerrada a la espera de la orden de algún superior.

Aquellas dos moles no nos dedicaron ni una mirada al llegar. Vista al frente y tiesos como estatuas se aferraban a sus estrambóticas armas con las dos manos. Eran como dos rastrillos acabados en cinco puntas de un material traslúcido, aunque intuí que muy duro. Por el extremo inferior del mango tenían un garfio también afilado, que se retorcía hacia el lado contrario a las puntas del extremo superior. No imaginaba el tipo de combate que se llevaría a cabo con semejantes artilugios, pero desde luego no tenía la más mínima intención de descubrirlo. Vestían pieles como los demás, cargando además con una armadura del mismo material que las cuchillas por encima, con sus cascos a juego en forma de cono ridículo.

- ¡Abrid la puerta a su majestad el Rey!

Los dos individuos avergonzados, bajaron la mirada y dejaron caer sus armas atropelladamente para abrir las puertas con premura.

-Disculpad majestad, no sabíamos que vendría.

-Lo sentimos majestad- Aseveró el otro.

Sin que mediáramos palabra, nuestra montura entró en el recinto. Arboledas castañas y jardines con fuentes de agua amarilla…, un momento, ¿podría ser?

¡Efectivamente! Se trataba de fuentes de cerveza. Dos para ser exactos, justo delante de nuestras narices. Construcciones circulares con un artefacto en el centro que lanzaba la bebida, volviendo ésta a caer creando espuma en un receptáculo. Cada cierto tiempo, un peine unido a un brazo giratorio la retiraba a un contenedor para evitar que desbordase.

Por primera vez desde que había aterrizado en aquel extraño mundo algo me arrancaba una sonrisa. ¡El sueño de mi vida! Pensé.

El interior del palacio era con franqueza, lo más espectacular que había visto en toda mi vida.

Las dos puertas que separaban el recibidor del exterior eran tan altas como todo mi edificio, las bisagras de vidrio, todos los apliques y decoraciones del mismo material relucían con el movimiento, creando centelleantes efectos de luz que hubieran embelesado a cualquiera. Una vez en el interior, todo estaba decorado con lujo y detalle. Cada vidriera perfectamente orientada para no dejar rincones oscuros en el interior, las paredes tenían incrustaciones de nácar que representaban motivos florales, incluso el suelo relucía como si lo puliesen a diario, tanto que hasta daba reparo pisarlo. Todo el conjunto transmitía armonía, paz y tranquilidad.

Al otro lado de la estancia, un hombre mayor caminaba hacia nosotros apoyándose en un bastón. Larga barba blanca cuidadosamente mesada y recogida con varios cordeles. Sus ojos no se veían bien al estar hundidos entre cientos de arrugas y daba la sensación de que los tenía prácticamente cerrados. Arrastraba una larga piel blanca y peluda, como si fuese un vestido de novia que no dejaba ver su calzado.

-Me llena de gozo verle por fin entre nosotros majestad. No sabéis cuánto tiempo llevamos esperando su llegada.

Su voz se entrecortaba, le costaba articular las palabras, aunque por la musicalidad con la que las decía se notaba que llevaba tiempo practicando el discurso.

-Necesitamos su presencia entre nosotros, necesitamos a nuestro gran líder guiándonos a la paz que tanto anhelamos.

-Déjate de protocolos, viejo. - Dijo mi compañero- Mi padre no se acuerda de nada y tenemos que explicarle todo desde cero así que no hay tiempo para estas historias.

- ¡Vaya hombre!, y yo que lo quería hacer bonito… Vamos a ver majestad. No estáis en coma, esto no es un sueño y este caballero que dice ser su hijo, efectivamente lo es. Sé que parece de su misma edad, pero eso tiene una explicación y es que viene del futuro. Treinta y cinco años en el futuro para ser precisos.

No dije nada, estaba demasiado atareado tratando de procesar toda aquella información.

-Tenemos dos problemas, por una parte, las minas de vidrio se están anegando y no sabemos por qué. Es como si el mar estuviese desplazándose hacia el sur y todas las tierras de las minas se están hundiendo desde hace meses.

- ¡Espera, espera, más despacio! - reaccioné- ¿Qué dices de viajes en el tiempo?, ¿qué lugar es este?

El anciano lanzó un profundo suspiro y agarrándose a su bastón, dio media vuelta y comenzó a subir por la escalera del final del recibidor.

-Vamos, te lo explicaré desde el principio.

La casa blanca de las babosas gigantes

Capítulo II

Llegamos a una sala igual de opulenta que el recibidor. Una enorme cúpula de cristal tintado coronaba la estancia dejando pasar la luz solar. Las paredes estaban decoradas con cientos de grabados, esculpidos con esmero a cincel y martillo, decorados con finísimas incrustaciones de nácar y ámbar. Representaban escenas de la historia del lugar y parecían seguir un orden cronológico, a juzgar por las vestimentas y artilugios que utilizaban los protagonistas. Había batallas multitudinarias, mapas, representaciones de cacerías de animales colosales…, pero lo más grande de todo se encontraba tras un enorme altar al fondo, tapado con una cortina de piel roja. El viejo se acercó a ritmo lento, aumentado más, si cabe, el suspense antes de descubrir el ornamento.

No salía de mi asombro al ver la imagen. Era un retrato al óleo mío, vestido con ropas de aquel lugar y portando un cetro y una corona dorados. Estaba sentado en el trono tras el altar y en letras grandes y doradas una leyenda rezaba:

"Paco Cabrales, Rey de Vidmar, señor de la casa blanca de las babosas gigantes."

-Nuestra tierra se llama Vidmar. - Comenzó a hablar sin siquiera esperar a ver mi reacción ante aquel cuadro.- Está dividida en dos regiones: "la tierra de las babosas", al norte, y "las tierras de los vidrieros", al sur. Todo el norte y buena parte del sur lindan con el Mar Amarillo, pero una pequeña zona sureña termina directamente en las minas explotadas por los vidrieros, que horadan la "pared del fin del mundo" para extraer cristal, la base de toda nuestra economía.

Boquiabierto, decidí guardar silencio y esperar a oír todo lo que me tenía que contar. Hasta el momento aquel sueño lúcido era lo más extraño que había vivido y ya estaba pensando en la novela que escribiría al despertar, si es que recordaba algo de todo aquello.

-Usted majestad, es el Rey por derecho desde el inicio de los tiempos. Llevábamos esperando durante generaciones a que decidiera aparecer para ejercer como tal y la verdad, es que no ha podido hacerlo en mejor momento. Como le dije antes, el mar está inundando las minas del sur, como si se estuviera desplazando y amenaza con destrozar toda nuestra industria. Esto es un desastre. Sin vidrio habrá hambruna, muchos perderán su modo de vida. Los vidrieros culpan a la monarquía. Ponen en entredicho la propia existencia del rey y quieren tomar el trono por la fuerza. Los rebeldes se están preparando para dar un golpe de estado y acabar con toda la ciudad de la casa blanca. Pero ahora estáis aquí y podéis cambiarlo todo.

-Digamos que te sigo el juego anciano. ¿Qué esperas que haga?

-Es evidente, ¿no? Deberás blandir tu cetro de cristal y demostrar que tienes "la magia". "La magia" es lo que te otorga derecho a gobernar.

No pude contestar nada a eso, solo emití un sonido gutural para acallar la risa y justo cuando iba a soltar mi réplica, los dos empezaron a reír.

-Tranquilo hombre. Sabemos que "la magia" no existe, son cuentos de viejas. Pero su presencia es un poderoso golpe político. Cuando los vidrieros le vean desmontará todo su discurso y tendrán que recular. No creo que se rindan tan fácilmente, pero al menos ganaremos algo de tiempo para estudiar la problemática del mar. Además, si vos me acompañáis me dejarán entrar a las minas para investigar y buscar una solución científica.

Cuando terminó su exposición me miró expectante, estaba deseoso de ver mi reacción así que no le hice esperar mucho y sonriente, le contesté.

-Madre mía..., tengo que dejar de fumar porros. ¡Vaya peliculón que me he montado!

-Majestad..., esto no es un sueño, debe creerme.

-A ver..., es evidente que como ayer abrí la botella de mi abuelo, estoy soñando con un mundo fantástico en el interior. Pero vaya..., cuando me despierte espero acordarme de verdad, porque esto es para una superproducción de Hollywood.

-Majestad…, debe confiar en mí. No se va a despertar en otro lugar que no sea Vidmar…

-Y las babosas, ¡madre mía estoy fatal! -comencé a reír a carcajadas, preguntándome de dónde habría podido sacar tal esperpento, todos los detalles…, tenía que acordarme por fuerza.

-Beltrán. ¡Pégale un puñetazo!

- ¿Cómo di…? – No me dio tiempo a terminar la frase cuando el puño de mi acompañante Beltrán, que así parecía llamarse, se estrelló contra mi cara tumbándome de un solo golpe.

El labio me ardía, la sangre corría por mis mejillas y el sabor metálico me resultaba repugnante. Toqué con la punta de la lengua mis incisivos creyendo que me los había arrancado, aunque por fortuna me equivocaba. Mareado, traté de incorporarme y volví a caer nada más levantar unos centímetros del suelo.

-Desde luego que flojito eres, papá. —Escuché en la lejanía, como si tuviera una almohada sobre la cabeza amortiguando el ruido.

Su mano áspera agarró mi muñeca y tiró, forzándome a ponerme en pie de un solo movimiento.

-¿Convencido?- Preguntó el viejo.- Esto no es un sueño majestad. Está en Vidmar y tiene que atender a sus obligaciones. Mañana partiremos hacia el sur. Sería mejor que descansase, aunque esta noche se celebrará una recepción en su honor para que conozca a los miembros de la corte.

Con dos palmadas en la espalda y una disculpa por el golpe, Beltrán me instó a que lo acompañara dando por zanjada la conversación con el viejo y, aunque tenía muchas más preguntas, decidí acatar la orden y emprender la marcha sin rechistar.

-Vamos papá, te voy a enseñar todo esto.

-Lo de papá me sigue resultando raro. Por cierto, ¿viajes en el tiempo?, eso me lo tienes que explicar.

-Es una larga historia, mejor cuando estemos más tranquilos en el bar.

-Ah, que vamos a un bar- dije-, pues no sé si llevo dinero.

-Tranquilo, creo que al Rey le fiarán una copa o dos.

A la derecha de la escalera que conducía a la sala del altar había otra que subía en espiral, con los peldaños traslúcidos y una barandilla tallada en piedra maciza, que serpenteaba hasta el piso superior. Subía girando sobre su eje hasta llegar a un nuevo recibidor sobre la cúpula del inferior. El suelo era de cristal, por eso dejaba pasar la luz hacia abajo. Sobre nuestras cabezas una nueva cúpula, y así los pisos sucesivos. La iluminación del lugar era francamente sorprendente, incluso en el piso inferior por el que habíamos entrado, la estancia era absolutamente clara y luminosa.

En este segundo piso se encontraban los salones, la biblioteca y las cocinas. Los sirvientes correteaban de un lado para otro atareados, dedicándonos de vez en cuando miradas curiosas y algún que otro cuchicheo.

-Se ha corrido la voz de que has llegado, la gente desea darte una bienvenida en condiciones.

Di la callada por respuesta, absorto en la escena. Mientras avanzábamos por el corredor me iba contando batallitas de su infancia en palacio, recordando al ver los detalles de la decoración, cómo era todo cuando él era pequeño. Sinceramente no le hice mucho caso, todo aquello me tenía descolocado y no era capaz de pensar con claridad. Si todo aquello no era un sueño, ¿cómo podía ser real? De vez en cuando negaba y sonreía, la razón me decía que era del todo imposible, que científicamente no era viable pero entonces, ¿el puñetazo?

-Y aquí, las dependencias del rey.

Accedimos a una estancia tan grande como el recibidor principal. Sobre ella la única cristalera totalmente transparente dejaba ver perfectamente el cielo amarillo que se abría sobre nuestras cabezas. La luz solar entraba calentando todo el lugar sin llegar a elevar demasiado la temperatura. Un lugar muy acogedor, cálido y claro con una cama cuadrada de unos cuatro metros por lado en el centro, perfectamente vestida y preparada para el descanso. No había ningún mueble a mayores, solo una cabina de cristal en una esquina que me despertó curiosidad.

-Es la ducha. -me explicó Beltrán.

A mi llegada asocié inmediatamente aquella civilización con lo que pensamos que es la edad media, sin avances de ningún tipo y sucia, donde la higiene se limitaba a las veces que se iba a la fuente o al río a asearse, pero no era así. Al ver aquello me di cuenta de que contaban con una tecnología totalmente distinta a la que conocía. Se trataba de un tanque cerrado en el que varios tubos repartidos por alturas escupían una especie de burbujas jabonosas hacia el cuerpo del individuo. Quise probarla al instante, pero el pudor me impidió desnudarme delante de aquel caballero y simplemente me quedé mirando.

-¿Quieres lavarte? – dijo enseguida. – Mandaré traer unas toallas y algo de ropa. En una hora o así vengo a buscarte, ¿de acuerdo?

Asentí. Él salió de la habitación y en pocos minutos apareció una sirvienta con lo que me habían prometido. Tímida, lo dejó encima de la cama y se fue haciendo una reverencia. Yo quise pararla para preguntarle cómo se encendía aquel chisme, pero ella no me dio la oportunidad de abrir la boca. En cuanto me quise dar cuenta ya había cerrado la puerta totalmente ruborizada al ver que me estaba bajando la cremallera de la sudadera.

No era difícil, nada más entrar contaba con dos palancas, ambas tenían un recorrido de unos cuarenta y cinco grados y regulaban la temperatura de las burbujas, que se estrellaban en mi piel humedeciendo mi cuerpo. Simplemente había que frotarse con una esponja porosa que había en una repisa. ¿Cómo calentarían las burbujas?, no había electricidad, ¿qué sistema utilizaría para expulsarlas?

Apunté estas cuestiones a mi lista mental de interrogantes. Tenía muchas cosas que aprender de aquel lugar, ya que por lo visto iba a pasar allí algún tiempo.

Beltrán entró sin llamar. Yo estaba vistiéndome con las prendas que me habían escogido. Se trataba de una piel marrón excepcionalmente suave, como si fuese un enorme abrigo de visón de los que presumen las señoras adineradas los domingos. A pesar de parecer una prenda invernal era muy fresca, casi como si todo aquel pelo hiciera un efecto refrigerante o algo similar. Me sentí muy cómodo con aquella ropa y quise comprobar mi aspecto. Sin suerte, traté de localizar algún sitio donde verme reflejado.

-Necesitaremos un espejo. Tranquilo papá, estás muy regio.

En su mano, dos sandalias de piel. Todos llevaban calzado abierto, lo que me había parecido cuanto menos extravagante al principio, pero al notar la sensación de las prendas que me había puesto cobró todo el sentido. Solo faltaba un último detalle. Beltrán se acercó a la cama y a los pies de la misma había un cuadrado en el suelo en que el cristal era de color rosado, destacando sobre el resto traslúcido. Lo pisó con cuidado y envuelto en una nube de vapor, emergió un pedestal con una corona de oro con joyas engarzadas. Se trataba de un aro dorado con cuatro varillas que se unían en el centro haciendo la forma de la cabeza, con una cruz encima de todo. El interior, forrado con piel parecida a la de mi ropa, era muy mullido. Con sumo cuidado la cogió entre sus dedos y me la acercó solemnemente, esperando que yo mismo me la encasquetase antes de salir.

Estaba caliente al tacto, mojada del vapor de agua que había impulsado el pedestal hacia arriba. Le miré, preguntando sin decir nada qué tal estaba y él asintió sonriente.

43

-Vamos. Tenemos mucho que hacer.

Fuera de los límites de palacio, la ciudad se presentaba ante nosotros. El mismo camino que habíamos recorrido para llegar me pareció completamente diferente. Los olores eran más ricos. Pude notar el tacto arenoso del suelo, los insectos arremolinándose, la vegetación crecía salvaje entre las casas de adobe que se agrupaban formando callejuelas. Los habitantes que iban y venían, saludaban efusivos a su rey como si me conocieran de toda la vida. No en vano, ellos llevaban toda su vida viendo mi imagen encima del altar.

Al final de la calle, entramos en una edificación en la que sí reconocí mi mundo. Había una barra y mesas, un tabernero, la gente reía y conversaba entretenidamente mientras saboreaba una bebida o comía algún aperitivo. Allí sí me sentí, por primera vez en casa. Nos sentamos en una mesa junto a la barra y enseguida llegó una camarera.

- ¿Qué desea tomar su majestad?

Beltrán contestó por los dos.

-Dos cervezas bien frías.

¿Cervezas?, no pude evitar sonreír, feliz de no tener que beber ningún brebaje extraño, fabricado a partir de la exótica flora autóctona.

Enseguida apareció con dos jarras congeladas llenas de una cerveza tostada exquisita, amarga, con la cantidad perfecta de espuma y que dejaban un regusto a malta delicioso. Me deleité bebiéndola y disfruté de aquel lugar como si fuera mi propio bar del barrio, donde solía parar en las pocas ocasiones en las que quedaba con alguna amistad. Beltrán parecía absorto en algún recuerdo, pero pronto interrumpió sus pensamientos para dirigirse a mí.

-Bien, papá. ¿Qué preguntas tienes?

Me pilló desprevenido, aunque no había mucho que pensar, pregunté lo que cualquiera habría preguntado primero.

-Explícame lo de los viajes en el tiempo, por favor.

-Bien. Sé que parece de película y que va a ser difícil que me creas, pero aun así te voy a contar todo lo que sé. — Hizo una pequeña pausa para organizar bien los hechos mentalmente. — Dentro de treinta y cinco años todo este mundo precioso en el que vivimos estará a punto de ser devastado. No sabemos por qué, pero el mar está secándose. Al principio nos alegramos mucho, pues más vidrio quedó a la vista. Perfecto para los vidrieros que comenzaron a extraer sin medida. Cada año, el volumen del mar era menor y cada año se enriquecían más y más. Tan desmedida fue la explotación que un día llegaron al final del mundo, donde todo acaba, y se encontraron con algo que no es parte de este mundo y que empezó a entrar por las paredes de las minas. Una especie de aire congelado, que destruía todo a su paso. A medida que el mal avanzaba nos recluía más y más en el interior, llegando a concentrar toda la población en la ciudadela de   la   casa blanca. Entonces, el viejo urdió un plan. Usando el poco moho mágico que pudimos salvar de la destrucción me envió aquí con una misión. Tengo que hacer algo para asegurar que tú, en el futuro, puedas arreglar todo este desastre.

- ¿Moho mágico?, pensé que habíais dicho que no existía la magia.

-Es algo que descubrió el viejo. En las provincias más norteñas, en las montañas más altas, crece una especie de moho que, una vez procesado de cierta manera, te permite viajar en el tiempo. Es muy escaso y guarda con mucho celo el secreto de cómo se hace.

-Pero ¿dentro de treinta y cinco años el viejo sigue vivo?

-Si, a mí también me ha sorprendido su aspecto actual, aquí en el pasado. Es como si el paso de los años no le afectara. Lo que sé es que el viejo siempre está y siempre ha estado desde el principio de los tiempos.

- ¿Y cómo sabéis que yo soy el rey?, quiero decir, yo nunca he estado aquí, soy de otro mundo completamente distinto. ¿Cómo ha llegado mi imagen hasta el altar?

-No tengo ni idea, papá. Ese cuadro siempre ha estado ahí. Creo que el palacio se construyó, incluso, alrededor de él... Sabemos que tú eres el rey de Vidmar, y en tu nombre, el viejo ha gobernado incontables años. Cuando llegaste hace treinta y cinco años..., bueno, en realidad hoy... El caso es que a partir de ahora gobiernas tú y él será tu consejero.

- ¿Y ahora qué?

-Pues mañana iremos a las minas e investigaremos el problema del mar. Trataremos de apaciguar a los vidrieros para que no estalle la guerra y viviremos felices hasta dentro de treinta y cinco años, donde tu yo del futuro intenta solucionarlo todo.

-El viejo dijo que tenías una misión. Que debías hacer algo para asegurar que todo siga su curso.

-Si…, perdóname, papá, pero eso no te lo puedo contar. Si lo hiciera pondría en peligro el transcurso de los acontecimientos. Solo tienes que saber que nuestra vida será muy feliz aquí, que no echarás de menos tu tierra para nada y que en nuestra familia hay muchísimo amor.

Me cogió la mano firmemente. Sus ojos estaban encharcados de lágrimas, estaba claro Vidmar era real para ellos, que aquel hombre me conocía, me quería y que estaba sufriendo, pero a la vez se sentía feliz de haberme encontrado.

Las siguientes horas bebimos aquella riquísima cerveza, contamos historias, charlamos, socializamos con los lugareños que se mostraban alegres y cariñosos conmigo, contentos de interactuar con su rey.

Yo era el centro de todas las conversaciones, todos querían saber de mí y dónde había estado aunque Beltrán no dejó que lo contara. Cada vez que surgía una pregunta de ese tipo cambiaba rápidamente de tema o contestaba que "el rey no tiene por qué explicar sus andanzas, lo que haya hecho bien hecho está. Ahora está con nosotros y se avecinan tiempos de opulencia y paz"

Pronto se corrió la voz y todo el pueblo apareció en la taberna. Traían extraños instrumentos musicales e interpretaban canciones y danzas que me recordaron a las fiestas que se representan en las películas sobre la edad media. Incluso me animé a bailar con alguna dama, provocando más de una risita con mi patosa forma de moverme.

Terminados los festejos en el bar, volvimos a palacio donde me esperaba otra recepción. La verdad es que estaba disfrutando como un niño. Si aquello era un sueño empezaba a temer que se terminara y volver a mi asquerosa vida.

En el comedor, nos esperaba una enorme mesa alargada minuciosamente preparada. Una vajilla impoluta, copas de un cristal finísimo y de las más diversas formas. La cubertería estaba hecha también de vidrio transparente, incluyendo unos cuchillos afilados como bisturíes. En la cabecera, un sillón alto adornado con motivos florales y de una extraordinaria belleza marcaba el lugar de su majestad, a donde me dirigí sin tapujos pues empezaba a sentirme a gusto en el papel y decidí aprovecharlo al máximo. Por lo menos disfrutaría.

Los comensales fueron llegando, solemnes y educados al principio, se sentaron cada uno en su lugar sin mediar palabra. Me miraban, pero ninguno se atrevía a romper el hielo o entrar en la conversación que mantenía con Beltrán y el viejo a la espera de los primeros platos.

A partir del segundo, la cosa se fue animando. Cada cual mantenía su conversación con los más próximos, reían, disfrutaban de una velada de festejo y bebían sin reparos. Todo el protocolo del que se hizo gala en los primeros minutos quedó en nada a la altura de los postres, donde las canciones, palmadas y algún que otro bailarín eventual hicieron las delicias de los presentes.

El viejo sacó de su bolsillo una especie de matasuegras color beige y sopló con todas sus fuerzas, emitiendo un sonido extremadamente agudo, que indicaba a todo el mundo que debían dejar lo que estuviesen haciendo para escuchar atentamente lo que tenía que decir.

-Amigos. Hoy es un día de celebración para todos, pero felicísimo para mí. Nuestro amado rey ha vuelto y podrá poner fin a todos los rumores que amenazan nuestro gobierno. Durante años hemos tomado decisiones fuera de nuestras competencias, hemos hecho de Vidmar un lugar próspero y ha reinado la paz. Por desgracia, ciertos grupos tratan ahora de dinamitar esa paz a fuerza de mentiras y calumnias. Su afán de poder amenaza nuestra forma de vida. Amenaza a nuestras familias. Quieren que haya derramamiento de sangre y pobreza donde hasta ahora solo ha habido felicidad. Mañana, su majestad y yo partiremos a las minas para poner fin a sus planes. Que vean que su rey está entre nosotros, que el legítimo gobernante de Vidmar no nos ha dejado en la estacada y que pronto solucionará todos nuestros problemas.

Tremendos vítores y aplausos resonaron en el salón. Aquel discurso tan efectivo hizo que la fiesta fuera aún más intensa y que todos y cada uno de los comensales disfrutaran y vivieran un momento de algarabía, ajenos a los problemas reales del reino.

La casa blanca de las babosas gigantes

Capítulo III

El día siguiente llegó antes de que hubiésemos puesto fin al banquete. Aún quedaban invitados canturreando y brindando a la salud de su majestad, cuando el viejo hizo su aparición ataviado con una enorme bolsa a la espalda.

- ¿Nos vamos?

No se nos ocurrió siquiera proponer posponer el viaje. Sabíamos que los asuntos a tratar en las minas eran extremadamente serios y que bien merecían el esfuerzo.

- ¿Cuánto va a durar el viaje? – Pregunté.

Beltrán sonrió mientras cogía sus pertenencias de la mesa.

-En Vidmar, los viajes no duran mucho. - Contestó.

En el exterior del palacio, en la cara norte del edificio estaban las cuadras de las babosas. Muy similares a las de los caballos, con la salvedad de que deben estar constantemente húmedas para el bienestar de los animales. Había al menos treinta estancias, todas equipadas con artefactos parecidos a las duchas, que burbujeaban constantemente sobre las monturas, que pastaban tranquilamente unas enormes hojas.

-Para el rey, la mejor de las babosas. Una pura sangre negra.

En un habitáculo mayor que el resto descansaba una babosa más grande que las demás, de color negro azabache que comía plácidamente. Sus gemidos eran más potentes y parecía mucho más poderosa que el resto, si bien todas me habían parecido impresionantes.

- ¿Están seguros? – Un hombre delgado apareció por detrás. Se trataba del cuidador que estaba haciendo sus labores. - Miren que esta tiene mal carácter.

- ¿Qué insinúas? – replicó Beltrán elevando el tono.

El hombre reculó y me entregó una lustrosa silla de montar de color negro con ribetes dorados.

-Solo échala encima, la piel de la babosa hará que se adhiera y podrás montarla. Para avanzar un toquecito con el talón. Para frenar aprieta un poco en los cuernos.

Ni siquiera me había fijado en que aquellos bichos tenían cuernos, por llamarlos de algún modo. Se trataba de dos protuberancias que les salían tras los ojos, que los jinetes utilizaban para agarrarse y controlar los movimientos.

Yo estaba bastante nervioso. Ni siquiera sabía montar a caballo, ¿cómo iba a guiar a semejante monstruo por todo el país? Puse un pie en el saliente de la silla, salté y por suerte caí sentado correctamente.

-Vamos majestad, no hay tiempo que perder. - me apremió el viejo.

Tímidamente le di un golpe en el lateral y la babosa comenzó a arrastrarse lentamente hacia adelante.

- ¿Cómo se gira?

Tiré del cuerno derecho todo el cuerpo comenzó a girar en esa dirección.

-Vale, ya lo tengo.

Ellos montaron en sus respectivos animales y comenzamos la marcha por la ciudad, mientras los lugareños se apartaban como si contemplaran un desfile, vitoreando y gritando palabras de ánimo.

Llegamos hasta el valle, donde un taconazo más potente hizo que comenzáramos a ir rápido de verdad. Como el día anterior, cuando Beltrán me recogió en la playa, los ojos se me encharcaban en lágrimas y apenas podía ver hacia dónde iba. Aquel instante se me antojó entonces tremendamente lejano y caí en la cuenta de que había pasado ya en aquel mundo veinticuatro horas. Pensé que, a pesar del sueño y el cansancio, trataría de estirar la vigilia todo lo posible, por temor a regresar a mi mundo real y que toda aquella aventura se terminara. La babosa marrón del viejo marcaba el camino y las demás copiaban todos sus movimientos como una bandada de pájaros mientras el bosque sombrío se espesaba frente a nosotros. Giramos a la derecha rodeando las lindes de este, para avanzar por un camino más recto.

Grandes extensiones de terreno labrado hasta donde llegaba la vista se sucedían interminables. ¿Qué cultivarían allí? Parecía algún tipo de cereal, posiblemente cebada dada la afición a la cerveza que demostraron el día anterior, pensé.

Tras unos minutos apareció en el horizonte un edificio construido del mismo material que las casas de la ciudadela, aunque denotaba una ejecución más precisa, con detalles ornamentales basados elementos de la zona. Los cereales que cultivaban, las babosas e incluso reconocí alguna de las extrañas plantas del bosque grabadas en las paredes. Una gran torre con un reloj lo coronaba dándole un aspecto serio.

En una explanada frente a la entrada, colocados en paralelo, un montón de travesaños hacían las veces de aparcamiento donde la gente podía atar a sus babosas en caso de necesitarlo. Estaba claro que aquello debía ser una especie de estación del análogo al ferrocarril u otro medio de transporte. Junto a la puerta principal se erguían unos pequeños establos donde era posible depositar a los bichos a buen recaudo durante viajes de larga duración. Allí nos dirigimos.

-Cuida bien de estas babosas. Pertenecen a tu Rey. —Advirtió el viejo al cuidador encargado.

-No se preocupe, – contestó- las cuidaré como si fueran mías.

Ahí quedó la conversación y nos adentramos en el edificio. Un gran vestíbulo que contaba con innumerables comercios ante nosotros.

- ¿Esto qué es?, – me atreví a preguntar- ¿una estación de tren?

-No conozco ese tren del que me habla majestad, esto es una estación sí, pero de burbujas.

De nuevo me sorprendió la tecnología del lugar, ¿una estación de burbujas?, ¿es que viajaban en burbujas?

La curiosidad me estaba matando, ardía en deseos de ver con mis propios ojos de lo que se trataba cuando un destello en el exterior me llamó la atención. La velocidad del artefacto me impidió apreciar los detalles, pero efectivamente, se trataba de una burbuja que había salido disparada por un cañón, con tal fuerza que no había podido observarla con claridad.

Me dirigí a la salida sin mediar palabra, y allí un gigantesco cilindro de vidrio apuntaba a unos cuarenta y cinco grados hacia arriba. Al final, muchos metros más allá, el tubo se estrechaba y terminaba empotrado en una cápsula en la que embarcaban los pasajeros.

No podía esperar un segundo más. Se apoderó de mí una ilusión propia de un niño que monta en avión por primera vez. Ni siquiera me paré a cuestionar la seguridad del sistema, simplemente necesitaba probarlo a la mayor brevedad.

- ¿Vamos o qué? – Pregunté impaciente.

-Vamos, vamos.

Enseguida estábamos en la puerta esperando para emprender el viaje. El viejo susurró unas palabras al operador de la máquina que introdujo una serie de números en un control táctil. Era asombroso cómo podían disponer de semejantes avances tecnológicos en una civilización como esa, pero el furor del momento no me permitía cuestionarme mucho más.

-Colóquense en las marcas. –Dijo el hombre.

Ocho cuadrados rosas parecidos a los del pedestal de mi habitación señalizaban los puestos de los viajeros. Al trote me situé, impaciente, mientras mis acompañantes se posicionaban en sus respectivos lugares.

Del suelo y de las paredes comenzaron a salir chorros de vapor que nos rodeaban, creando un gran remolino que circulaba en paralelo y hasta el final del cañón. Un zumbido aumentaba de intensidad progresivamente hasta resultar ensordecedor, el suelo retemblaba, noté incluso un repentino aumento de temperatura en el momento álgido del proceso, en el que una enorme burbuja se formó espontáneamente a nuestro alrededor. Entonces el ruido cesó y, durante un instante, todo quedó en silencio hasta que un nuevo sonido, esta vez más grave, me sobresaltó de repente.

Acompañados de un estallido, salimos disparados a toda velocidad sin que la inercia ejerciera ningún efecto en nosotros. En décimas de segundo sobrevolábamos Vidmar a gran altitud. Pude ver el valle y los cañones, después el bosque oscuro quedó reducido a una pequeña mancha marrón y el mar, inmenso, se extendía a la derecha. Dejamos atrás inmensas montañas y mesetas también, todo durante solo unas decenas de segundos hasta ver al fondo una gigantesca pared de cristal que se alzaba imponente desde el suelo hasta perderse en lo alto, imposible de sortear. Un muro infranqueable ponía fin al mundo que aquellos hombres conocían y limitaba su espacio. El mar a ambos lados rompía contra él una y otra vez sin que este mostrara el más mínimo signo de desgaste.

Estaba claro por qué le llamaban "el Muro del fin del mundo", que se hacía más imponente a medida que nos acercábamos.

Finalmente entramos por otro tubo, de boca más ancha, a modo de embudo. Otro torbellino de vapor frenaba nuestro avance hasta llegar al final, donde una cápsula similar a la anterior esperaba para recibirnos. La burbuja se posó sobre una plataforma y sin hacer ningún ruido explotó, convirtiéndose en miles de millones de pompas que caían como si de copos de nieve se tratase, dejándonos empapados.

Nadie se movió un ápice de su sitio, de modo que hice lo propio, y de pronto un chorro de aire caliente comenzó a salir por debajo de nuestros pies, secándonos al instante.

-Hemos llegado. Bienvenido a las tierras de los vidrieros. Aquí la vida no es como la que conoció ayer en la casa blanca de las babosas. Aquí los hombres son rudos y trabajadores. Son codiciosos también, y maleducados. No esperéis el ambiente estival de nuestro hogar. No les gustan las visitas y menos las del gobierno.

Tanto Beltrán como yo asentimos sin saber qué añadir.

-Por favor, poneos esto. No he querido hacer venir una comitiva real. Me ha parecido más oportuno que nos presentemos directamente en las minas para investigar, así que creo que nos convendrá pasar desapercibidos hasta llegar allí.

De su bolsa sacó una serie de prendas de un tejido parecido al cáñamo y un calzado alto hecho con multitud de capas de piel, adheridas entre sí para conformar la suela, y más tela igual que la de las vestimentas que recubría los pies y las piernas hasta la rodilla. Unas capas oscuras y largas que nos abrigaban todo el cuerpo, como si fuésemos monjes encapuchados, completaban nuestra imagen. Pensé que con semejante atuendo llamaríamos aún más la atención, pues parecían más disfraces de Halloween que ropa de diario, pero aun así obedecí sin poner pegas.

Ataviados con aquellas ropas salimos de la cápsula hacia un recibidor bastante más rudimentario que el que había en la estación de origen. Las paredes no estaban decoradas con motivos florales, sino que eran completamente lisas y estaban hechas polvo, el suelo arenoso, se nos pegaba a las suelas, el polvo que generábamos a nuestro paso era denso y olía a azufre. Todo el lugar era mucho más oscuro y deprimente que la estación de burbujas de la tierra de las babosas. No había tiendas, ni personal alguno que trabajara en aquel edificio sucio, descuidado y vacío. Podíamos oír el eco de nuestros propios pasos a medida que nos acercábamos a la puerta sin habernos cruzado con un alma.

Justo antes de salir, un estruendo y un chirrío provocado por el tubo de recepción que giraba lentamente, para colorarse en la posición de apagado, pues no contaba con la llegada de ningún transporte próximamente.

Una vez fuera, una ráfaga de aire nos empujó hacia atrás con violencia, como si aquel lugar no quisiera que estuviéramos allí.

-El viento siempre es fuerte en estas zonas. —aclaró el viejo mientras se calaba la capucha.

Cientos de personas caminaban por una calle pavimentada con adoquines fabricados en serie, los edificios ya eran de varias plantas y estaban construidos con el mismo material, como si fueran ladrillos, pero de color mostaza. El aspecto era el de una ciudad mucho más parecida a las de mi mundo, salvando las distancias, pues no circulaban vehículos motorizados ni tráfico de ningún tipo. Las calles eran solo para transeúntes que cabizbajos y sin emitir ningún sonido, iban y venían sin parar.

La densidad de la población contrastaba mucho con una estación de burbujas desprovista de pasajeros, así que no me pude resistir a preguntar.

- ¿Cómo es que la estación está vacía?, con tanta gente…

-La gente de aquí no viaja, y los de fuera tampoco venimos muy gustosos, la verdad.

Entendí en ese momento el porqué de los disfraces. Si vestíamos como extranjeros no tardaría en correrse la voz y nos estarían esperando en las minas. El viejo quería pillarlos infraganti por si tenían algo que ocultar.

Comenzamos a caminar por la ciudad mezclándonos entre el gentío. A nuestros lados todo tipo de comercios alojados en los bajos de los edificios, desde tiendas de ropa hasta de alimentación, pasando por servicios como molinos o alquiler y venta de viviendas. Nada de locales dedicados a la venta de souvenirs o decoración, ni centros de ocio a la vista. Estaba claro que la cultura de aquel pueblo distaba mucho de la nuestra. Todo parecía organizado milimétricamente. Había relojes en todas las esquinas, toda la ciudad estaba construida formando cuadrículas, de manera que facilitase la localización de cualquier zona. No pude ver ni una sola planta ni un lugar de recreo para los niños. Absolutamente nada que pudiera significar una pérdida de tiempo o espacio estaba permitido en la tierra de los vidrieros.

Me avergüenza reconocer que tardé unos veinte minutos en darme cuenta de lo más increíble de todo. Sobre nuestras cabezas, por encima de los tejados de los edificios, cruzaba cada pocos metros, un tubo de cristal. En su interior, pasajeros a gran velocidad se desplazaban de una parte a otra de la ciudad.

-Ahí nos vamos a montar. Es el transporte más rápido a las minas, que están a varios kilómetros al sur. Pegadas, evidentemente, al fin del mundo.

-Evidentemente. —repetí.

Un edificio exactamente igual a la estación de burbujas se erguía ante nosotros, justo en el centro de la ciudad. El punto cero entre las cuadrículas, que se extendían a su alrededor. En la estación de los tubos sí que había cientos de personas esperando su turno. Como si de un metro se tratase entramos por unos tornos hechos de cristal opaco, que controlaban el aforo. El viejo pagó tres billetes y nos pusimos a buscar el cartel de las minas de entre las decenas de señales que indicaban los destinos posibles, en un gigantesco mapa que resumía el itinerario de cada línea de transporte.

Beltrán fue primero. Entró por una abertura del cilindro, que se introducía en el suelo. Automáticamente, una pieza de cristal salió de una rendija, selló el artefacto y tras un par de segundos, oímos un silbido seguido de la desaparición de nuestro compañero, que había salido despedido hacia el destino.

Yo me metí a continuación. Este método no me hizo tanta gracia como las burbujas, pero aun así estaba impaciente por probarlo. Por desgracia apenas pude experimentar nada, la velocidad y el hecho de que las paredes no fueran del todo transparentes no me dejaron ver nada del exterior, así que solo pude sentir el viento en la coronilla y esperar unos minutos hasta que noté cómo mis pies tocaban algo duro. Me pilló desprevenido y no hice la suficiente fuerza con los muslos para soportar mi peso, de modo que acabé de bruces en el suelo en cuanto se abrió la compuerta.

-Cuidado, sal rápido o te aplastará el siguiente. - Beltrán me sacó de un tirón y me colocó de pie junto a él, como si nada hubiese pasado.

Ante nosotros un largo camino de tierra iba en línea recta hacia una bifurcación triple. A la izquierda un gran cartel indicaba las áreas de -9 a -1, el derecho llevaba a las áreas 1 a 11 y el camino central iba directo al área 0 donde nos esperaba una gigantesca construcción con forma de nido de avispas, pegado a la pared de vidrio y lleno de túneles que se adentraban, dando acceso a diferentes zonas de extracción. Era impresionante, francamente indescriptible, un muro tan grande que ocupaba todo el campo de visión, tan monumental que se hacía incluso difícil de percibir el hecho de que no tenía fin. Como si una densa capa de niebla amarillenta cubriera el horizonte. Pero allí estaba "el Muro del fin del mundo", haciendo honor a su nombre.

Con paso firme comenzamos a avanzar recto en dirección a la entrada principal, que se elevaba como la de un rascacielos. Contaba con multitud de rampas preparadas para que los mineros transitaran hacia las diferentes entradas donde, armados con una especie de arpones neumáticos, picaban durante toda su jornada laboral para extraer el preciado material. Decenas de carretas circulaban por raíles que conectaban la mina con unos edificios, que debían hacer las veces de almacén, donde se estocaba el cristal a la espera de ser enviado a las diferentes factorías, que procesarían la materia prima.

A medida que nos acercábamos el ruido de las herramientas se hacía insoportable. No podíamos decir una sola frase sin tener serias complicaciones para escucharnos. El viejo sacó de su bolsillo una especie de orejeras hechas con cuero y tela, unidas entre sí con algún material moderadamente flexible y nos las ofreció para protegernos. Aun así era el sonido resultaba demasiado intenso para mí.

Finalmente llegamos a la entrada principal. Un grupo de obreros se arremolinaba intentando pasar al interior, pero algo les cortaba el paso. Mejor dicho, alguien impedía la entrada a los trabajadores.

- ¡No podéis picar aquí!, ¿no os dais cuenta? ¡Es peligroso!, ¡todos moriréis si entráis aquí a seguir trabajando!

Un conjunto de activistas liderado por una mujer acordonaba la puerta tratando de impedir que se siguiera profundizando. Por su parte los empleados, impotentes, se miraban los unos a los otros, preocupados por la respuesta del patrón.

Uno de ellos alzó la voz en representación del resto.

- ¡Niña!, ¡deja de jugar a lo que estés jugando!, ¡aquí venimos a trabajar!, ¡tenemos familias, hijos que comen todos los días! ¡Que tu papá sea el alcalde y tú una niña rica no te da derecho a dejarnos sin trabajo!

Mientras tanto, el viejo avanzaba a empujones entre la multitud que, no sin réplicas y algún que otro insulto, se iba apartando. Nosotros le seguíamos sin tener ni idea de qué pensaba hacer una vez hubiese llegado a primera fila.

- ¡Aquí está vuestro rey que viene a arreglar las cosas!, ¡mostrad el debido respeto y buscaos otro sitio donde trabajar inmediatamente!

Me señalaba directamente haciéndome señas para que me retirara la capucha y todos pudieran verme con claridad. En medio de cuchicheos y susurros se fueron dispersando, poco a poco, hacia el edificio del almacén, supongo que a informar a quien fuese que debía darles las órdenes de trabajo.

-Hola, Helena. —dijo el viejo, una vez nos quedamos solos.

Helena era la hija del alcalde de las tierras de los vidrieros, el gobernante que mantenía el orden y llevaba a cabo los demás pormenores políticos de la ciudad.

- ¿No vas a explicar a su majestad y acompañantes qué es lo que ocurre?

-Con sumo gusto. —contestó.

Una mujer bellísima, de pelo castaño y ojos verdes, con la tez morena y una expresión de fuerza y decisión fuera de lo habitual, hizo una discreta reverencia antes de comenzar con su exposición. Simplemente con una caída de ojos ordenó a sus acompañantes, cinco hombres fornidos armados con palos, que pusieran distancia discretamente, para ofrecernos algo de intimidad.

-Majestad, siento que hayáis tenido que asistir a tan penosa exhibición de desobediencia, pero estamos en gravísimos apuros. Por un lado, las minas del este se están llenando de agua. Es una situación muy peligrosa pues los túneles se inundan a gran velocidad en cuanto el nivel del mar llega a ellos. Varios trabajadores han muerto. A nivel económico también es una situación compleja, pues a pesar de que al oeste podríamos crear nuevas zonas de explotación, esto llevaría un tiempo y perderíamos capacidad a la hora de extraer a corto plazo, hasta habilitar más edificios. Pero lo peor de todo está aquí mismo. Hay algo ahí dentro que no habíamos visto nunca. Por una rendija en el vidrio, entra una especie de humo. Muy poco, prácticamente un susurro que apenas se ve, pero al entrar en contacto con la piel genera unas dolorosísimas quemaduras. No sabemos qué es, ni si seguirá saliendo o si provocaríamos algún accidente de seguir trabajando. Por eso hemos decidido cerrar este puesto hasta investigar el caso.

Me quedé mirándola sin abrir la boca. No había prestado atención a nada de lo que había dicho, absorto en sus carnosos labios y dientes blancos. Me quedé totalmente prendado y solo era capaz de sonreír y asentir cono un bobalicón, mientras ella se enfurecía más a cada segundo.

-Disculpe, pero ¿le parece gracioso?

Al escuchar el reproche caí en la cuenta. Me observaba llena de odio, sin poder dar crédito a lo que estaba ocurriendo.

-Su majestad acaba de llegar, le tomará un tiempo hacerse con los pormenores de su posición, y más si eres tan intensa chiquilla. —replicó el viejo.

Un largo suspiro dejó perfectamente claro que, en su opinión, no había tiempo y que debíamos atajar el problema cuanto antes.

- ¿Entramos de una vez? —Dije. Esta vez había reaccionado a tiempo y la mujer, más sosegada, volvió a centrarse en el problema que nos ocupaba.

Metros y metros de pasillo oscuro, bifurcaciones, conductos a cada cual más estrecho nos separaban del lugar del incidente. Ella marcaba el paso y nos guiaba con pericia por las minas, evidenciando que las conocía como la palma de su mano. Finalmente, llegamos a la sala de la anomalía. Era una galería grande con herramientas de diferentes formas y tamaños tiradas por todas partes. Una de las paredes estaba balizada con girones de telas de colores llamativos, para evitar que nadie se acercase. Nada más entrar notamos un frío glaciar. La barba del viejo tardo unos segundos en empezar a llenarse de escarcha, al igual que nuestras cejas. Ella se abrazaba encogida, tiritando mientras se acercaba al punto exacto donde estaba lo que quería que viéramos. Las pieles que cubrían la zona se habían vuelto rígidas y las retiraba con cuidado, pero aun así se quebraban nada más tocar el suelo, como si estuvieran hechas de un cristal finísimo y sumamente delicado.

Era una grieta en la pared que daba a algún otro sitio profundamente oscuro. Tanto que todo alrededor parecía quedar sumido en la penumbra, como si semejante oscuridad absorbiese toda luz que le llegara.

Ninguno emitía ni un sonido mientras examinábamos aquel agujero, intrigados, asombrados, asustados de ver algo totalmente antinatural. Solo Beltrán podía arrojar algo de luz al asunto, de modo que me giré hacia él a la expectativa de que se pronunciase.

-Es el vacío. Es lo que está acabando con mi mundo. Ese aire congelado no dejará de entrar aniquilando todo lo que toque. La oscuridad se propagará consumiendo ciudades, bosques, pantanos…, se tragará el mar y todo lo que conocéis acabará sumido en ella.

- ¿Cómo…?

Muerta de miedo, Helena perdió el equilibrio. No entendía nada, las lágrimas recorrían su cara hasta formar una enorme gotera en la punta de su nariz.

-Lo sé porque vengo del futuro. —aclaró por fin.

- ¿Cuánto tiempo tenemos?

-Treinta y cinco años. Al principio se extenderá muy despacio. Durante los primeros veinte ni siquiera saldrá de esta galería, pero a partir de ahí su crecimiento será cada vez mayor hasta recluir a toda la población de Vidmar en la ciudad de la casa blanca.

-Tiene que haber algo que podamos hacer. Tiene que poder pararse.

-Tranquila, el rey está en ello.

-Sí, ya lo veo, está aquí igual de asustado que nosotros.

-Mi rey…, mi padre está en el futuro tratando de arreglarlo, pero para ello tenemos que hacer algo aquí. Por desgracia no os lo puedo contar a ninguno.

Tras unos minutos decidí que era el momento de empezar a moverse. Con cuidado, tapé la grieta con las pieles más grandes. Quedó más o menos oculta y decidimos clausurar todo el edificio sellando la entrada con rocas.

-Así no podrá entrar nadie y hacerse daño. – dije.

La casa blanca de las babosas gigantes

Capítulo IV

La casa del alcalde de las Tierras de los Vidrieros rivalizaba en lujo y ostentación con la casa blanca de las babosas gigantes. Un enorme castillo marrón, con seis torres y una muralla de cuatro metros de alto alrededor. Un foso rodeaba todo el complejo, solo pudiendo ser cruzado por un puente colgante que hacía las veces de puerta al replegarse. Al bajar para dar paso, el tintineo de las cadenas resonaba en todo el patio actuando a su vez de alarma, avisando de la llegada de alguno de los moradores o por el contrario, de una visita indeseable.

Una vez dentro, cientos de columnas sujetaban la bóveda del techo por la que entraba la luz del día. El corredor nos conducía directamente al trono del alcalde, que era una mezcla entre un rey y el presidente de una empresa. Se sentaba en su cómodo sillón a gestionar sus recursos y encargar diversas tareas a sus consejeros.

Se trataba de un hombre mayor, con evidente sobrepeso y calvo, que vestía como uno más de sus operarios. Miraba una y otra vez los libros de cuentas en busca de errores o desfalcos. Cuando encontraba algo extraño, actuaba con mano firme, aunque con justicia, ofreciendo la posibilidad de defenderse y demostrar la inocencia del infractor. Nada más odiado en las tierras de los vidrieros que los ladrones y los chanchulleros, a quienes se castigaba con extrema dureza.

- ¿Entiendes lo que decimos, papá?

Helena exponía con furor toda la problemática, tratando de convencer a su padre de que debía clausurar la mina y que seguramente, debían tomar otras muchas medidas en cuanto a la profundidad de las excavaciones. Tenía miedo de que el fenómeno pudiera reproducirse en otros sitios si seguían con el mismo ritmo de producción. Por su parte, el gerente pensativo, trataba de ordenar todos los hechos antes de tomar su decisión.

-Es evidente —habló por fin- que no sabéis lo que estáis diciendo. No voy a dejar a decenas de familias sin sustento. No podemos ponernos a construir nuevas minas sin ton ni son. No hay presupuesto. Y, desde luego, no permito que se clausuren las ya existentes como si tal cosa. Esa área es la de mayor rentabilidad. Hemos invertido muchísimo dinero en hacer que funcione como lo hace y tú, hija mía, me estás pidiendo que tire todo ese dinero a la basura.

-Pero es peligroso…, si fueras hasta allí…

- ¡Yo no tengo por qué ir a ningún sitio! ¡Quiero a la cuadrilla de obreros picando esta misma tarde! ¡Que no se acerquen a esa caverna y punto!

-Con el debido respeto… -se inmiscuyó Beltrán.

-Con el debido respeto, ¿quién narices eres tú?

El alcalde estaba fuera de sí. Había dictado sentencia y estaba dispuesto a defenderla hasta las últimas consecuencias. Ya daba por zanjada la conversación y se estaba preparando para abandonar la sala, cuando me decidí a intervenir. Me quité la capucha e hinché el pecho para que pudiera verme bien antes de hablar con toda la autoridad que fui capaz de aparentar.

-Soy Paco Cabrales, rey de Vidmar, señor de la casa blanca de las babosas gigantes y por mi voluntad, esa mina queda clausurada de ahora en adelante y hasta nuevo aviso.

El silencio reinó unos segundos. Me miraba airado, lleno de odio. Apretaba los puños y los dientes, poseído por la rabia, pero finalmente asintió.

-Sea pues.

Esa fue mi primera acción unilateral como rey y quizás la más importante. De haber actuado de otra manera todo el futuro habrá quedado comprometido, pues habrían seguido excavando abriendo más brechas y todos los hechos que acontecerían los años siguientes nunca habrían podido suceder, pues la devastación de Vidmar habría llegado mucho antes.

Salimos del palacio del alcalde triunfales, como si hubiéramos salvado todo y a todos, aunque sabíamos que quedaba mucho trabajo por hacer. Relajados, nos disponíamos a volver a casa, sabiendo que teníamos al menos treinta y cinco años para dar con la solución.

Al final de la calle estaba la estación de los tubos. Solo teníamos que coger el tubo indicado que nos llevaría a la estación de burbujas y de nuevo a la casa blanca, donde nos esperaban unas buenas cervezas y nos pondríamos a pensar cuál sería el siguiente paso, pues ganada aquella batalla, aún quedaban muchas incógnitas por resolver. Todavía no sabía qué misión tenía que cumplir Beltrán, ni cómo íbamos a parar todo aquel desastre, pero volver era un alivio. Al menos no tendríamos que soportar las miradas de los vidrieros, más en ese momento en que nos habíamos cargado de golpe una de sus principales fuentes de ingresos.

- ¿A dónde vais?

Helena nos paró en seco furibunda, como si fuéramos ladrones que se llevaran sus pertenencias y nos hubiese pillado con las manos en la masa.

-Desde aquí no podemos hacer nada más chiquilla. —contestó el viejo.

- ¿Y cuál es el plan?, ¿a dónde vais?, ¿vais a solucionar esto o vais a dejarlo correr?

- Pero ¿cómo puedes siquiera insinuar eso? — repliqué. — Se trata de mi reino, la gente podría morir por esto. ¿Cómo te atreves a decir que lo vamos a dejar correr? Haz el favor de no faltar al respeto a tu rey.

Decidí volver a jugar la baza del soberano para ver si así nos dejaba seguir con lo nuestro, pero la hija del alcalde no era de las que se rinden fácilmente. Se unió a nosotros, se ajustó el asa de una bolsa de piel que colgaba de su espalda y se dispuso a acompañarnos.

-No dudo de usted majestad, pero si me lo permite, quisiera acompañarlos. Llevo inmersa en este misterio ya un tiempo y estoy segura de que seré de ayuda.

Con una cínica sonrisa se puso a mi lado, muy pegada, fingiendo compañerismo, y encogiendo los hombros preguntó hacia dónde dirigirse.

Después de un viaje en los tubos, aparecimos frente a la estación de burbujas. Volveríamos por el mismo camino por el que vinimos y yo tendría la oportunidad de gozar una vez más de aquel fantástico medio de transporte. Igual que la otra vez entré el primero, ansioso, aunque tuve que disimular delante de Helena para mantener mi imagen regia. Salimos disparados sobrevolando las Tierras de los vidrieros. Desde aquella altura podía verse casi todo el mapa de Vidmar, una enorme extensión acotada por las paredes de vidrio al sur mientras que los otros puntos cardinales estaban separados de ellas por el mar Amarillo que se perdía en el horizonte. ¡Un momento!, algo era distinto. En esta ocasión no pasamos sobre el bosque oscuro, sino que íbamos en dirección noroeste.

Los demás también se percataron del detalle y comenzaron a ponerse nerviosos, escudriñando el exterior y abandonando sus respectivos puestos para tratar de percibir con más detalle el cambio de ruta.

- ¿Nos hemos equivocado de burbuja? – preguntó Beltrán.

-Me temo que no amigo mío. Preparaos, nos están secuestrando.

Entramos por el tubo de aterrizaje y en la sala de desembarque nos esperaban ocho hombres armados con rastrillos. Fornidos y dispuestos a todo, nos pusieron las puntas de sus armas en el cuello nada más desvanecerse la burbuja.

Sin siquiera mirarnos a los ojos, nos encasquetaron una funda negra a cada uno, para evitar que viéramos hacia dónde nos llevaban y a empujones, nos tiraron en una especie de caja, apiñados como cerdos que son transportados al matadero.

El camino fue corto y los baches nos hacían rebotar unos contra otros. Yo podía escuchar los gemidos y lloriqueos de Helena, que estaba considerablemente asustada. En ese momento mi prioridad era rescatar a la damisela en apuros que lloraba cerca de mí, que pedía auxilio una y otra vez entre sollozos, así que traté de buscarla a tientas para tranquilizarla. Conseguí localizar su brazo que se me antojó fino y firme y al acercarme sentí un embriagador perfume floral. Con la palma de mi mano acaricié su espalda mientras emitía un sonido sedante con la esperanza de que se calmase. Dio resultado, ella me reconoció enseguida y me devolvió el apretón para agradecerme el esfuerzo.

-Majestad, ¿a dónde nos llevan? - Susurró.

No tenía ni la más remota idea. No sabía qué enemigos podría tener en ese mundo, pero desde luego no iba a permitir que le hiciesen daño a ella.

-Probablemente no corras peligro, Helena. No puedo decir lo mismo de nosotros tres. —Aseguró el viejo.

- ¿Cómo lo sabes?

-El único enemigo del rey en Vidmar no es otro que tu padre, de modo que probablemente sea cosa suya, en represalia por haber cerrado la mina.

La muchacha entró en cólera.

- ¡Mi padre es un hombre honrado!, ¡un trabajador más de las minas!, además, ¿cómo iba a secuestrarme a mí?

Nadie contestó. Yo estaba seguro de que el viejo tenía razón. Hasta el momento el viejo siempre había acertado en todo, como si supiera de antemano lo que iba a pasar. En cualquier caso, lo descubriríamos enseguida.

Sentados y maniatados esperábamos a que nos quitaran las capuchas y nos explicaran qué hacíamos allí. Oíamos cuchicheos, discusiones en voz baja sobre cómo proceder. Por su parte, Helena lanzaba insultos y amenazas hacia los captores, tratando de convencerse a sí misma de que el viejo se equivocaba.

"Como sea mi padre ya verás", "no puede ser, es imposible"

Finalmente se hizo la luz. De un brusco tirón me quitaron la bolsa negra y pude ver, sentado frente a mí, al alcalde en persona con cara de pocos amigos.

Un agudísimo grito lo interrumpió justo cuando iba a empezar su monólogo.

- ¡Pero qué haces!, ¡esto no es dirigir a tu pueblo!, ¡esto es una maldita mafia!, ¿así proteges a los tuyos?, ¿siendo un delincuente?

-Lleváosla de aquí. —ordenó el alcalde a sus secuaces.

-En fin…- Helena suspiró profundamente.

Aquel hombre respondía perfectamente al perfil de un mafioso de película de los noventa. Gordo, calvo, sentado en una silla mucho más pequeña que su trasero y mirándonos fijamente. Incluso iluminación de la habitación favorecía a la escena pues un haz de luz chocaba directamente en su mentón, dando una sensación aún más tenebrosa.

-Que sepa su majestad, que yo no quería esto. No deseo tener que actuar, como bien ha dicho mi hija, como un delincuente. Me habéis obligado. Las Tierras de los vidrieros no se puede permitir perder una mina como si tal cosa, hay familias que tienen que comer, hay negocios a los que servir la materia prima.

-No lo disfrace, señor alcalde, de filantropía. Lo único que desea es seguir enriqueciéndose. – repliqué.

Un tremendo golpe en el suelo con el talón y una mueca de rabia en su cara hicieron que me arrepintiese al momento de lo que había dicho.

- Pero ¿quién os creéis que sois? ¡Lleváis años desaparecido y este lacayo que dejasteis al mando no hace más que poner trabas al avance de mis excavaciones!

El viejo no contestó.

- Alcalde, esa mina es peligrosa para la gente. Usted no sabe lo que puede llegar a ocurrir si sigue picando esa cosa…

- ¡Y por su puesto su majestad el rey lo sabe todo a cerca de las minas!, ¡Tenemos nuestras medidas de seguridad!

Bajó la mirada y se tomó varios segundos para continuar.

-Los vidrieros estamos hartos de la opresión de la casa blanca…

- ¿Opresión?, ¿en qué momento…?

- ¡Sí, opresión! —Se dirigió al viejo por la alusión. - nos imponen aranceles, no nos dejan expandir el negocio, quieren todo el poder…, queréis todo el poder. No estamos dispuestos a esto, queremos un vidriero en el trono.

-Ya…, un vidriero. Lo que quieres es usurpar el puesto de su majestad, maldito traidor.

-Insúltame lo que quieras. Por lo pronto os quedaréis aquí. Un tiempo en una celda os aclarará las ideas. Igual así veis que lo que digo es lo mejor para todos y no tengo que mataros.

Dos hombres se acercaron a nosotros. Traían argollas de vidrio reforzado y una especie de cascos cerrados y totalmente opacos. Con violencia, nos despojaron de nuestras ataduras el tiempo suficiente para ponernos aquellos artefactos y arrastrarnos hacia nuestras celdas. Cegados por los yugos, no pudimos ver siquiera dónde estaban situadas. Nos separaron, nos encadenaron a la pared y allí nos dejaron, completamente solos.

El lugar era frío y húmedo, se oía una gotera repiquetear de vez en cuando. A lo lejos gritos y llantos de otros presos que me ponían los pelos de punta. Me estaba costando hacerme a la idea de que había acabado preso en un mundo de fantasía del que, por lo visto era el rey. En mi interior aún esperaba despertarme en mi cama, atónito por el sueño tan realista que había tenido, de modo que cerré los ojos con fuerza, apreté los puños y susurré "despierta", una y otra vez. No funcionaba.

Pasaron varios días. Mi única compañía era el guardia que me traía "exquisitos manjares" una vez al día, acompañados eso sí, de una riquísima cerveza. Me entretenía jugando a pasar una piedrecita de una mano a otra o por debajo de las piernas, tratando de rememorar algunas películas de las que había visto en mi añorado cine o incluso cantando a pleno pulmón varias canciones que me sabía. Hasta que un día escuché voces en el pasillo.

- ¡Soltadme!, ¡no sabéis lo que estáis haciendo! ¡Estáis condenando Vidmar!

Era Beltrán siendo trasladado desde su celda. Por lo que oí, forcejeaba y se resistía valientemente, pero no me pareció que sus tentativas dieran ningún fruto. Esperé durante horas, atento por si captaba sonidos de su regreso sin conseguir percibir nada. En mi cabeza empezaron a acumularse sangrientas escenas de tortura, interrogatorios y palizas. Angustiado chillé insultos y amenazas al aire que nadie contestaba. Tiré con todas mis fuerzas buscando liberar mis muñecas, tanto que me ardían las manos, aunque de nada hubiera valido sin un plan para sortear la puerta. Notaba como la sangre resbalaba por mis antebrazos y aun así seguía tensando desesperado hasta que finalmente, caí rendido y me dormí.

En mitad de la noche me despertó la vuelta del reo y, aunque él no decía nada, las risas y mofas de los guardias resonaban por todo el corredor. Le llamaban baboso, le preguntaban si le había gustado lo que le habían hecho y avisaban que al día siguiente tendrían más ración de diversión. Colérico, grité con todas mis fuerzas a su paso, tanto que detuvieron su avance un instante y continuaron atemorizados y en silencio, como si les hubiese hablado el mismo diablo.

Pero por mucha rabia que acumulase, estaba totalmente inmovilizado y la impotencia se apoderó de mí, haciendo que inundase mi yugo de lágrimas. Machacaba los brazos con tesón, hasta el punto de notar cómo los huesos comenzaban a separarse y tenía que parar por medio a dislocarme algo y quedar tullido.

Días después, cuando ya había dado todo por perdido, cuando empezaba a resignarme y a aceptar que iba a pasar allí encerrado el resto de mi vida, alguien abrió la puerta muy despacio. Yo no hice aprecio pensando que sería un guarda que había planeado una nueva maldad contra mi persona. Me encogí en mi sitio, amedrentado, cuando capté el perfume floral de Helena. La reconocí al instante. ¡Estaba allí para salvarme!

Con delicadeza, cogió mis manos y abrió las argollas acompañándolas hasta el suelo para evitar que hiciesen ruido. Acto seguido hizo girar una llave en la parte trasera del casco, que se abrió con un chirrido, y la vi. Sonriente, arrodillada ante mí, con su cara muy pegada a la mía. Notaba su respiración. Su cálido aliento olía delicioso y yo solo podía pensar en besar aquellos carnosos labios, que había puesto fin a la más horrible de las torturas.

- ¿Nos vamos? - me dijo al oído.

Me incorporé pesadamente sin que ella no me soltara la mano. Con extrema cautela, se aventuró a sacar su cabeza por la rendija de la puerta para mirar a ambos lados y me hizo una señal de avance.

Unas tres celdas más allá, nos detuvimos y repetimos el proceso con Beltrán, que estaba totalmente magullado y ensangrentado. Las visitas semanales de los guardias lo habían dejado devastado. A penas era capaz de mantenerse en pie, pero apoyándose en mi hombro, logramos escapar. Solo quedaba el viejo, pero estaba cantado que la cosa no podía ser tan fácil.

Ante nosotros el pasillo giraba a la derecha. De nuevo fue Helena quien se aventuró a mirar, volviendo sobre sus pasos rápidamente, al tiempo que hacía aspavientos con los brazos, para indicarnos que retrocediésemos. Dos guardias se acercaban siguiendo su ruta de vigilancia, ajenos a nuestra fuga. Ya los teníamos encima cuando por suerte, la providencia quiso que diéramos con una celda abierta. Los tres, nos metimos sin siquiera comprobar el interior y cerramos con cuidado de no bloquear la puerta.

-No puede ser…

Delante de nuestras narices estaba el viejo, de pie y completamente ileso, sostenía un bebé de unos pocos meses de edad entre sus brazos. Lo miraba y le hacía carantoñas con intención de mantenerlo en silencio.

- ¡Cuánto habéis tardado! - Dijo en voz demasiado alta para la situación.

No sin esfuerzo, sacó un precioso reloj de bolsillo hecho de cristal y lo miró detenidamente, hizo un gesto como si tratara de recordar algún detalle y se encaminó hacia la puerta sin ningún tipo de precaución.

-Vamos, es hora de irse.

Todos lo seguimos atónitos. No entendíamos por qué, pero de repente era como si no hubiese ningún peligro, como si estuviésemos saliendo de nuestra casa tan campantes, y tras recorrer un par de pasillos, pusimos nuestros pies en el exterior.

Estábamos en una casa en mitad de la nada, en lo alto de una escarpada montaña. Solo había un camino pasa llegar hasta la entrada, pero no nos dirigíamos allí, sino que nos metimos entre unos matorrales detrás de la edificación. Entonces sí que nos instó a que guardásemos silencio. Durante unos diez minutos transitamos por un camino salvaje, lleno de plantas espinadas que íbamos apartando con sumo cuidado y con las manos desnudas. El bebé dormía plácidamente, lo que vino de perlas para pasar desapercibidos en nuestra huida.

Finalmente nos alejamos lo suficiente para poder pararnos a aclarar los pormenores.

-Cómo narices… ¿Qué acaba de pasar?

Ninguno podíamos creer lo sencillo de nuestro rescate. Nos mirábamos los unos a los otros tratando de dirimir quién empezaría a explicar los acontecimientos. Enseguida tomé la palabra para preguntar lo más intrigante de todo.

- ¿De dónde ha salido el bebé?

-Me lo han entregado. - El viejo se tomó unos segundos antes de empezar con su exposición.

-Mientras estaba recluido en mi celda, un hombre me ha soltado, me ha entregado al bebé y me ha dicho a qué hora exacta podríamos escapar sin peligro. Después me acompañó al lugar en el que os esperaba. No he podido verle la cara y no me ha dado más información que la que comparto ahora mismo con vosotros. Mi conjetura es que debe ser un emisario del futuro que ha venido a ayudarnos en este trance, para que podamos continuar con nuestra misión, que es descubrir cómo se detiene la anomalía.

-Entonces, sabías cuándo escapar…

-Eso he dicho, majestad.

Aquello no aclaraba nada. Un supuesto viajero en el tiempo había venido a pasarle una información al viejo para poder salir, pero ¿quién sería?, ¿por qué no nos habría rescatado él mismo?

- ¿Cómo estás, Beltrán? —Helena interrumpió mis pensamientos, interesándose por el estado de nuestro compañero, que asintió para indicar que se encontraba bien.

- ¿Cómo es que solo la han tomado contigo?

-El alcalde es consciente de que vengo del futuro, me han estado interrogando sobre los detalles de su rebelión. Quería saber cuándo atacar y el resultado que tendrían las batallas en busca de alguna ventaja sobre el enemigo.

- ¿Y cómo diantres sabe eso el alcalde? - pregunte elevando la voz.

-Se lo dije yo. -El viejo contestó muy serio y sin ningún atisbo de remordimiento.

- ¡Traidor! ¡Cómo te atreves!

Levanté el puño y me incliné hacia su rostro, olvidando incluso al bebé, que aún sujetaba entre sus brazos, pero antes de que pudiera llegar a tocarlo Beltrán me agarró con fuerza.

-Yo se lo pedí. Sabía que teníamos que ganar tiempo hasta la llegada del emisario así que antes de montar en la burbuja…

- ¿Perdón?, ¿entonces sabías que nos iban a secuestrar?

Toda mi ira se enfocó entonces en él.

- ¡Podías haber evitado toda esta situación!

-Si no nos hubieran secuestrado nunca le habrían entregado el bebé al viejo, papá. Era necesario…, lo siento.

- ¿Quién es este niño entonces?, ¿por qué es tan importante?

-Soy yo.

Boquiabiertos esperamos que continuara, pero no parecía querer dar más detalles. Por fin, tras una fingida tos de Helena, se lanzó a hablar.

-Papá, mamá..., - la miraba fijamente a ella- los dos me criaréis como vuestro, seremos muy felices, yo os querré muchísimo y vosotros a mí. Mi infancia fue..., será maravillosa. Os quiero.

Me ruboricé observando a la hija del alcalde, que no daba crédito. Por primera vez la veía incapaz de articular palabra. Todos esperábamos ansiosos una reacción que no llegó nunca. Cogió al bebé en brazos y comenzó a caminar hacia el interior del bosque como si nada. Teníamos una montaña que descender por un terreno de vegetación densa, escarpado y peligrosísimo, con un bebé a cuestas y sabe dios qué otros peligros.

Durante horas caminamos en silencio. El niño se había despertado y lloraba de manera intermitente. Evidentemente tenía hambre, pero no podíamos darle nada de comer. Solo lo pasábamos de regazo en regazo tratando de consolarlo con muecas y monerías mientras pensábamos en una solución. Por suerte, vimos una casa en la lejanía que parecía una granja, con un enorme vallado. Probablemente tendría rumiantes o algún animal similar del que pudiéramos conseguir algo de leche.

Helena se aventuró sigilosa entre el follaje escudriñando con atención cada rincón visible desde la copa de un árbol.

- ¡Allí! –Exclamó.

Sin perder el tiempo se puso en camino. Había visto dos animales muy parecidos a las vacas, con cuernos y ubres, pero con una diferencia fundamental. No tenían patas. Se arrastraban por el suelo en busca de brotes para comer, se revolcaban y retozaban en una esquina de la extensión vallada.

Logró hacerse con un recipiente y se acercó a una de ellas que estaba de lado en el suelo. Con gran destreza se acercó a la vez que colocaba una mano suavemente sobre el hocico del animal, que la dejó entrar en su área de seguridad, y se dispuso a ordeñarla.

A los pocos minutos apareció con un cubo repleto de leche para alimentar al infante.

-Hijo mío, mamá te ha conseguido lechita para un par de días. Espero que sea suficiente.

Decidimos acampar en un claro con el que nos topamos poco más adelante. Parecía el sitio ideal, el follaje nos protegería de la lluvia, pero a la vez no había raíces ni ramas por el suelo que nos estorbasen. Cerca, una buena cantidad de leña seca para encender una hoguera y se oía un pequeño regato, donde podríamos hidratarnos e incluso tratar de pescar algo de cenar. Todo un grupo de *boy scouts* en un reto de supervivencia en el monte. No teníamos ni idea de lo dura que sería aquella excursión.

La noche calló pronto. El viejo fue capaz de encender un fuego, pero hasta ahí se cumplían nuestras expectativas. Predeciblemente, no fuimos capaces de pescar un solo pez en aquella agua amarillenta, de modo que nos esperaba una larga noche de ayuno a la intemperie.

Charlábamos animados para engañar al hambre, aunque todos sabíamos lo terrible de la situación. No sabíamos cuánta extensión de bosque había por delante hasta llegar a la siguiente ciudad. O si al llegar, podríamos utilizar algún medio de transporte. Con mucha probabilidad el alcalde ya los tendría intervenidos y era posible que tuviéramos que avanzar por caminos poco frecuentados hasta llegar a la casa blanca.

Todos dormían. Yo trataba de obligarme a cerrar los ojos cuando sentí un golpe en el estómago. Alcé la cabeza sin poder ver nada en la oscuridad. Otro golpe. Se sucedían, eran rítmicos y cada vez más potentes. Miré hacia la botella de leche y cada ruido formaba una pequeña honda en el líquido y supe perfectamente de qué se trataba.

- ¡Arriba! - grité- ¡Se acerca algo!

Tuvimos el tiempo justo para recoger el campamento a toda prisa cuando, entre la vegetación asomó rugiendo una enorme boca llena de dientes. Al menos pude distinguir cuatro filas de afiladísimos colmillos amarillos, llenos de restos de comida. Su aliento recorrió los veinte o veinticinco metros que nos separaban en un abrir y cerrar de ojos, removiéndome las tripas de tan nauseabundo que era. Avanzaba frenético, hambriento, buscando sus presas como si su vida fuera en ello. Por nuestra parte huimos en dos direcciones. El viejo y Beltrán corrieron hacia los árboles y Helena y yo hicimos lo propio, pero en dirección opuesta. Ella cargaba con el bebé, que lloraba asustado, apretándolo contra su pecho.

- ¡Tenemos que subir!

Por suerte, el depredador seguía a la otra pareja y nos dio tiempo de aferrarnos a las ramas de un árbol lo suficientemente grande y alto como para sostenernos a los tres y ponernos fuera de peligro. Siempre y cuando aquel animal no supiera trepar.

Yo subí primero. En un alarde de fuerza que no sabía que tenía en los brazos, levanté mi cuerpo hasta la primera rama y me tumbé para que Helena me pasara al bebé. En cuanto lo tuve en mi regazo, ella se elevó grácilmente y fuimos turnándonos para seguir escalando hasta la altura en que consideramos que estábamos fuera de peligro. Le hacía gracias al niño con intención de calmarlo por todos los medios, pero no funcionaba. Me estaba desesperando cuando con suavidad, me lo quitó y encajó su cabecita bajo su mentón, logrando que se callase justo a tiempo, pues aquella especie de dinosaurio se acercaba rastreando nuestro olor.

Era alargado, de piel escamada, bípedo de grandes patas traseras, muy parecido a un tiranosaurio, pero con cuernos en su frente como los de un toro. Mediría unos dos metros de alto y aproximadamente cinco de largo, incluyendo cola. Sus extremidades delanteras eran largas y se iba apoyando en ellas suavemente mientras avanzaba. Olisqueaba plantas y matorrales. Sabía que estábamos cerca pues no paraba de dar vueltas alrededor del árbol, aunque físicamente no era capaz de levantar la cabeza lo bastante para vernos.

Inmóviles, aguantábamos la respiración. Helena me agarró la mano con mucha fuerza. Estaba empapada en sudor y me miraba directamente a los ojos, aterrorizada.

Finalmente, el animal se rindió y se fue en busca de otra presa. Nosotros guardamos silencio durante bastante tiempo, hasta que el pequeño lo rompió balbuceando.

- ¿Ahora qué hacemos?, nos estarán buscando.

-Será mejor que durmamos aquí arriba. Mañana bajaremos trataremos de reagruparnos. – Le dije mientras soltaba su mano y cogía al niño en brazos. - Duerme, yo me quedaré despierto por si acaso.

Entonces se acurrucó en mi pecho y cerró los ojos. Pensé que, a pesar de todo, no podía estar más a gusto.

La casa blanca de las babosas gigantes

Capítulo V

maneció en calma. A nuestro lado un pequeño grupo de lo que podríamos definir como murciélagos con pico, cantaban y se lamían los unos a los otros. Tenían largas lenguas rugosas como las de los gatos, aunque de color verde oscuro, que se pasaban por la espalda y bajo las alas unos a otros, mientras cada uno con su propia lengua se acicalaba por delante, como un ritual matutino de higiene. Imaginé los comentarios de un presentador de documentales. "Los bichos estos son seres gregarios con una compleja sociedad que se limpian cada mañana para establecer vínculos entre ellos"

Sonreía cuando mi compañera levantó la cabeza. Con los ojos a medio abrir me dio los buenos días y me besó en la mejilla.

-Gracias, majestad.

Bajar de allí fue más costoso de lo que había sido trepar. Muy despacio, conseguimos apearnos del árbol y pisar suelo firme. Nada más pusimos un pie en tierra, el resto de la comitiva nos sorprendió por detrás.

-Vamos, ya sabemos cómo salir de aquí.

Parecían contentos como si los acontecimientos de la noche anterior no hubieran ido con ellos. Por nuestra parte, rotos de cansancio, los seguimos en silencio mientras nos explicaban su plan. El viejo había visto una granja de babosas en las proximidades. Se había subido a una pequeña colina para ganar perspectiva y parecía muy confiado, de modo que abría el camino con la energía de un veinteañero, arrancando con las manos desnudas zarzas y ramas, sin el menor atisbo de temor por encontrarse frente a frente con el dinosaurio que casi nos devora.

El bosque se terminó de golpe y ante nosotros un inmenso valle. En el interior de un cercado deambulaban las babosas a su aire, comiendo y descansando en las pocas sombras que les ofrecía la vegetación que crecían dentro de su recinto. Beltrán fue el primero en aventurarse. No se veía un alma

117

cerca de no ser él y los animales a los que, uno a uno, fue ensillando con los aparejos que encontró en un oportuno cobertizo.

Un total de tres fueron suficientes pues Helena montaba conmigo, sujetando al bebé con un brazo y acercando su pecho a mi espalda mientras se aferraba al mío. Enfilamos paralelos a la vaya hasta dar con un camino terregoso, que seguimos sin plantearnos hacia dónde nos llevaría.

-No estoy muy seguro, pero creo que sé dónde estamos. Por aquí deberíamos llegar, si estoy en lo cierto, a "las Embotelladoras".

- ¿Qué es eso? – no pude evitar preguntar.

-Es una ciudad fronteriza, entre las Tierras de los Vidrieros y la Casa Blanca. Allí hay multitud de fábricas de botellas y embotelladoras de cerveza. Lo bueno es que nada más cruzar el río que separa las dos poblaciones está "la casa azul". No creo que el alcalde tenga jurisdicción allí, de modo que podremos arriesgarnos a coger una burbuja.

La noticia me llenó de optimismo. Estaba deseando llegar a la seguridad del hogar con Helena. Cada vez me ilusionaba más idea de que las predicciones de Beltrán se cumplieran y aquella obvia atracción se convirtiera en algo más.

A toda velocidad recorríamos los caminos, esquivando cualquier obstáculo que se presentara ante nosotros. Solo paramos a dar de comer al bebé unos minutos y continuamos deseosos de llegar cuanto antes. Sin prestar atención al hecho de que atravesar la última ciudad de la tierra de los vidrieros no sería coser y cantar precisamente. El alcalde ya habría tomado sus precauciones y seguramente estaría todo plagado de guardias.

Al fondo se elevaba el humo de las chimeneas de las factorías. Poco a poco fueron emergiendo en el horizonte las gigantescas construcciones que emitían aquel vapor y supimos que estábamos cerca. Nos encontramos en lo alto de una colina, frente a una gran depresión en el terreno. En el centro un caudaloso río separaba la casa azul de las embotelladoras, dos ciudades rivales en muchos aspectos y hermanas en otros. La primera, que pertenecía al distrito de la casa blanca de las babosas gigantes, tenía como principal fuente de ingresos las enormes extensiones de cultivos junto al río, sobre todo cebada, que abastecía las bodegas en las que fermentaba la cerveza. Esta rica materia prima cruzaba los lindes para llegar a las embotelladoras, sustento de los habitantes vecinos.

A pesar de esta estrecha colaboración comercial las fronteras estaban muy marcadas y rara era la vez en que alguien de embotelladoras se mudase a la casa azul o viceversa.

Había varios puentes que conectaban ambas urbes, pero por desgracia, a todos se accedía desde el centro de la ciudad. No podíamos arriesgarnos a que nos viera la guardia del alcalde, ya que con total seguridad ya habría dado orden a cualquier figura de autoridad de que nos detuviesen a primera vista.

-Lo mejor será buscar otro paso, - dijo el viejo- el más cercano está al sur…

Quedamos horrorizados ante la visión de decenas de miles o tal vez más. Un ejército se apelotonaba en el paso del sur, cruzando el río y reagrupándose al otro lado bajo una bandera roja con una franja blanca que decoraba los estandartes.

- ¡Es la bandera del concejal San Javier!, ¡Ese bastardo!

Helena, furiosa, no pudo evitar dar un soberbio puñetazo sobre lo primero que encontró que, en este caso era yo mismo.

- ¡Piensan atacar la casa azul!, ¡Son solo campesinos!, ¡arrasarán con todo!

Beltrán no aguardó a réplicas y comenzó a descender la colina como alma que lleva el diablo. Sabíamos que teníamos poco tiempo, pero debíamos avisar a la población. Comenzar una evacuación masiva antes de que el ejército del San Javier llegase a sus puertas.

Los caminos pasaron de ser terregosos, abandonados e invadidos parcialmente por vegetación salvaje, a estar rodeados de plantas de producción, adoquinados y edificios que se erguían ante nuestros ojos, aunque no nos pudiésemos detener a observar la belleza de su arquitectura.

Los ciudadanos me reconocían, gritaban y señalaban avisando a la guardia de que el enemigo número uno estaba recorriendo sus calles a toda velocidad, pero no nos preocupaba lo más mínimo. Solo pensábamos en llegar al puente, que estaba a tiro de piedra, como fuera, cuando un regimiento entero se apostó entre nosotros y el paso. Con afiladas picas en alto, no rompían la formación aun viéndonos avanzar como camicaces. Teníamos que cruzar sin perder tiempo, no había alternativa. El viejo sacó del bolsillo un artilugio similar a una granada, lo lanzó y un mar de espuma salió de dentro, creando la suficiente confusión como para que pudiéramos esquivar las armas y pasar al otro lado, dejando atrás a los enemigos que vociferaban sin atreverse a entrar en los dominios de sus vecinos.

Habíamos logrado salir de las Tierras de los vidrieros. A priori estábamos a salvo, pero nos quedaba una ardua labor por delante. Nos dirigimos hacia el centro de la ciudad, donde los pregoneros dan las noticias todas las mañanas. Allí me subí a un oportuno pedestal y comencé a gritar todo lo alto que me permitía mi garganta.

- ¡Se acerca un ejército!, ¡debéis huir!

La gente de la ciudad no daba crédito. Aquellas tierras nunca habían estado en guerra, no sabían cómo actuar ante aquella situación y no reaccionaron como esperaba. Entonces el viejo se acercó a mí poniéndome la mano sobre el hombro.

- ¡Amigos de la casa azul!, ¡Su majestad ha venido hoy aquí a advertiros!, ¡estamos a punto de entrar en guerra con las tierras de los vidrieros! ¡Ellos no tendrán compasión, matarán a cada hombre, mujer y niño que encuentren aquí! ¡Os lo imploramos!, ¡id a la estación de burbujas! ¡Corred la voz!

Nerviosos, todos los que oyeron el mensaje corrieron a sus casas a recoger lo que pudiera hacerles falta y comenzaron a apelotonarse en las entradas de la estación de burbujas. Allí el desconcierto era máximo ya que nadie imponía un orden. En consecuencia, se formaron tapones considerables. Todos querían ser los primeros es escapar. Cada miembro de nuestro equipo se ocupó de una entrada, permitiendo pasar a grupos de hasta dieciséis personas de cada vez, el máximo aforo de las burbujas, que salían a buen ritmo. No sabíamos cuánto tardarían los soldados en invadir toda la ciudad, pero no encontrarían oposición que pudiese ralentizar su ataque, pues la guardia de la ciudad se encontraba con sus familias intentando huir en alguna burbuja.

Por suerte, pudimos evacuar a toda la población en pocas horas y al salir disparados en nuestro transporte descubrimos que el enemigo aún tenía bastante trecho por recorrer.

-Hoy la casa azul arderá hasta sus cimientos. -sentenció Beltrán- Es el inicio de la revolución del alcalde.

Caí en la cuenta, de nuevo Beltrán era conocedor de todos los acontecimientos y de nuevo no había dicho ni una palabra, pero no quise ahondar más en el tema. Estaba convencido de que si no nos lo había contado era por una buena razón, que el devenir de los acontecimientos ocurría como debía para que la historia siguiese su curso.

Al llegar a la casa blanca de las babosas gigantes, todo mi séquito me estaba esperando. Ignoraban lo ocurrido y estaban atendiendo sus quehaceres habituales. No había tiempo de regocijarnos con el calor del hogar, ni de celebrar que estábamos bajo la protección de aquellos muros. Según entramos, el viejo mandó a voces que se convocara el consejo.

- ¡Se nos ha declarado la guerra!

Atónitos, los señores de todas las tierras pertenecientes a la casa blanca se miraban los unos a los otros. El alcalde de la casa azul, que se encontraba de viaje en el momento de la evacuación, se reunió allí con su esposa e hijos que, desorientados, buscaban a su cabeza de familia. Aquella escena corroboraba nuestra versión y le dio, dicho sea de paso, un aire de dramatismo.

- ¡Caballeros! —mi dirigí a la sala- Si hay un momento para la fraternidad y el compañerismo es este mismo. Hoy debemos unirnos en contra del enemigo para proteger a los que queremos. De no hacerlo, ellos golpearán con toda su fuerza y sin dudarlo. Ansían el poder y están envenenados por las palabras del alcalde de la tierra de los vidrieros, que no desea paz alguna. Su único anhelo es este trono y para lograrlo tiene embelesado a todo su pueblo con calumnias, mentiras y promesas vacías.

-Pero, una guerra…, majestad, con todos mis respetos, no estamos preparados. – Contestó un integrante del consejo.

-Señor Hidalgo, alcalde de la casa rosa, no es cuestión de estar o no preparados. Es cuestión de que si no nos defendemos nos aniquilarán. Es vivir o morir, directamente. – Tras su réplica, el viejo mantuvo la mirada fija en aquel señor dubitativo, demasiado cansado y viejo para lo que se le venía encima.

-Señores. Amigos…, vuelvan a sus ciudades, hagan venir a la guardia hacia la Casa Blanca. Tras destruir la Casa Azul, el ejército del concejal San Javier vendrá directamente aquí en línea recta y, por lo que hemos visto, desplazándose a pie. Tenemos alrededor de dos semanas para convocar toda la maquinaria de guerra que esté a nuestro alcance.

-Tendremos que fortificarnos, - añadí- manden venir también a cada constructor disponible.

-Bien pensado.

La reunión acabó así. Todos obedecían ciegamente las órdenes del rey y salieron sin perder el tiempo hacia sus lugares de origen.

Era urgente buscar un lugar para los refugiados, que se amontonaban a las puertas de palacio y dar las pertinentes explicaciones al pueblo, que se impacientaba. No entendían qué estaba pasando y el nerviosismo y el miedo no son buenos aliados de la convivencia pacífica.

Capítulo VI

Los días pasaban con nuestro grupo encerrado en una improvisada sala de estrategias, frente al altar. Los mapas cubrían casi todo el espacio. En el suelo se acumulaban platos y vasos, ya que apenas nos alejábamos de allí, más que para sueños intermitentes, que poco descanso ofrecían a las mentes de los que nos habíamos declarado los cabecillas de la defensa de Vidmar. Estudiamos todos los libros sobre sitios y el arte de la guerra con los que contaba nuestra biblioteca, conjeturábamos los movimientos del adversario, enviábamos emisarios, espías, hacíamos todo lo que estuviera a nuestro alcance para prepararnos para la batalla. La construcción de las murallas iba por buen camino. En solo unos días habíamos logrado construirlas de varios metros de altura, que nos protegerían con eficacia. El ejército crecía acampando tras los muros, alimentados con la comida que no dejaba de llegar de todas las ciudades. Una y otra vez ensayaban posibles escenarios liderados por sus generales que, bajo el mando del viejo, daban instrucciones precisas a sus tropas. Las mujeres confeccionaban mallas para los soldados, los artesanos ponían todo su empeño en fabricar maquinaria bélica y armamento que no dejaban de amontonarse en el campo de batalla. Todo habitante de la casa blanca estaba entregado en cuerpo y alma a la causa, pues sabíamos que quedaba muy poco para que el enemigo asomara sus narices y por una vez, contábamos con la ventaja de nuestro viajero en el tiempo.

Beltrán nos contó todo lo que había leído en los libros de historia del futuro a cerca de la batalla. El enemigo atacaría por el sur, en un solo frente y lo haría amparado en la oscuridad de la noche, con las antorchas apagadas. De modo que colocamos trampas a varios kilómetros de distancia. Activadores que nos dieran una señal inequívoca de que se acercaban.

Nos avisó también de que no vendrían a pie, como suponíamos, sino que se habrían hecho con una caballería en el saqueo de la casa azul, así que incluimos en nuestra línea defensiva un frente de soldados armados con picas para detenerlos. Todo estaba a nuestro favor para lograr repeler el ataque.

El día antes de la batalla, todos los preparativos estaban perfectamente ejecutados y todo el mundo era conocedor de la hora del ataque. No nos pillaría por sorpresa así que nos permitimos el lujo de descansar durante gran parte de la jornada. A pesar de que la tensión en el ambiente se podía cortar, como se dice, con un cuchillo, encontré tiempo para visitar a Helena lejos de miradas indiscretas. Me preocupaba cómo pudiera sentirse. Estaba a punto de meterse de lleno en una batalla contra el ejército de su padre nada menos. Debía estar hecha un lío y aun así no perdía la perspectiva. Parecía muy segura del bando que había elegido a pesar de tener que ponerse cara a cara con su gente, las personas con las que había compartido su vida, trabajo, penas y alegrías eran ahora asesinos que no dudarían a la hora de hacerle daño.

Estaba en la puerta de su habitación. Los aposentos para invitados presidenciales, una estancia contigua y prácticamente gemela a la mía. Diáfana, luminosa, con su enorme cama y los mismos artilugios para el aseo. Lo mejor de lo mejor para la invitada del rey.

Nada más verme me hizo señas para que entrara en silencio, pues el pequeño Beltrán dormía en una ornamentada cuna de cristal junto a su cama. Allí esperaba el ama de cría que abandonó la habitación con la cabeza gacha en cuanto nos vio entrar.

- ¿Cómo estás? – pregunté sin rodeos.

-Pues como todos. Cansada, nerviosa y asustada.

-Helena…, entendería que no quisieras seguir con esto, ¿sabes?

- ¿Seguir con qué?

-Con esta batalla. Los que vienen son tu gente y…

- ¿Qué dices? - Me miró con los ojos muy abiertos, tratando de mitigar su enfado antes de contestarme- Mi gente no me habría secuestrado, ni maltratado, ni humillado. Mi gente, no me habría tratado como un asqueroso parásito toda mi vida, como si todo lo que hiciese o dijese fueran estupideces.

-Pero tu padre…

-Ese señor que llamas "mi padre" nunca me ha hecho el menor caso. No titubeó a la hora de meterme en una celda cuando nos apresaron, no se interpuso cuando los guardias me tocaban o pretendían abusar de mí. Estuve los mismos días que tú encerrada y humillada.

-No sabía que…, pensé que te habrían enviado a casa.

-Pues no. Por suerte conocía uno de los carceleros y pude convencerlo para que "se olvidara" la llave de mis cadenas. Después me encontré con la puerta de la celda abierta, supongo que por un descuido suyo y el resto ya es historia…

-Aun así…, estás hasta el cuello y podrías ir a refugiarte a cualquier otro sitio.

-Majestad, - se acercó sutilmente, sentándose a mi lado- mi familia está aquí.

Nos miramos en silencio, respirando el uno frente al otro. Ella se mordía el labio inferior de manera sensual mientras se inclinaba cada vez más, buscando que yo diera el primer paso. Noté su mano sobre la mía. Me agarró con la otra, entrelazando sus dedos en el dorso.

Al fin, me atreví a inclinarme y nos besamos apasionadamente. Sus labios, suaves y carnosos, estaban calientes. Me rodeaba el cuello con sus brazos apretándome hacia su boca con intensidad y emitía pequeños gemidos de excitación de vez en cuando. Nos dejamos caer en la cama. Ella trataba de quitarme la ropa mientras yo luchaba por acomodarme sin aplastarla. Entonces, el bebé empezó a llorar. Ambos sonreímos con las narices apoyadas la una en la otra y enseguida me giré para atenderlo.

Sentados en la cama con el niño en brazos me abrazó por detrás y me susurró.

- ¿Ves?, aquí está mi familia.

Empezaba a oscurecer cuando salimos de la habitación. Todo el mundo estaba revolucionado, gritando y correteando por los pasillos del palacio. Mujeres y niños, se instalaban en el salón del altar con mantas y las pocas pertenencias que habían podido rescatar de sus hogares. Todo hombre capaz de sujetar un arma estaba ya dispuesto en los muros recibiendo las instrucciones de última hora.

-Majestad, le buscan en su habitación.

Beltrán y el viejo nos esperaban de pie junto a la puerta con sendas mallas de vidrio templado ajustadas bajo sus armaduras de piel. Varias capas de cuero curtido, unidas las unas a las otras ofrecían protección a la vez que flexibilidad. Portaban dos juegos más, que nos ofrecían con intensidad en sus miradas.

-La noche va a ser dura. Poneos esto y no corráis ningún riesgo. No podemos permitirnos quedarnos sin rey a estas alturas.

- ¿No vamos a participar en la lucha?

-Participaréis muchacha, pero desde la retaguardia. Liderando las huestes junto a nosotros.

El viejo no daba lugar a discusiones, no dejaría que nos acercásemos al campo de batalla, lo que decepcionó visiblemente a Helena. Quería pelear, estaba lista, pero sabía que no era prudente y acató las órdenes.

Una vez vestidos tomamos posiciones en el mirador en lo alto de palacio, que hacía las veces de atalaya desde la que comandaríamos a nuestro ejército junto al viejo, Beltrán y algunos de los asesores del consejo. Los capitanes estaban en sus puestos, cada soldado guardaba silencio en sus lugares designados mientras todos veíamos cómo se ponía lentamente el sol.

Con el último rayo de luz el enemigo comenzó su avance. Nosotros no podíamos verlos, pero sabíamos que se acercaban y que tarde o temprano tratarían de sorprendernos. De pronto, explotó una de las minas que habíamos ocultado en los aledaños y escuchamos entonces el cuerno enemigo. Estaba más cerca de lo que creíamos pues muchos habían esquivado las trampas, por puro azar. Ellos eran sabedores de que habían perdido la ventaja y comenzaron su embestida.

Los tuvimos encima en pocos minutos y la lucha dio comienzo. Primero llegó la caballería, que no se esperaba nuestra primera línea de defensa. Caían como moscas en las picas, desmontados y rematados con facilidad. Las babosas deambulaban entorpeciendo el tránsito y el combate, pero aun así les dimos una dura lección. Tras aquella primera oleada nos reagrupamos. Todos sabían que se trataba de un grupo de jinetes de babosas robadas y sin experiencia en batalla, así que ya contábamos con que nos sería muy fácil librarnos de ellas.

Su infantería se acercaba a gran velocidad, acompasados, sin perder la formación. Los nuestros aguantaban como leones los embistes uno tras otro, pero terminaron cediendo y retrocedieron perdiendo terreno. De seguir así los acorralarían contra los muros y sería una masacre. El viejo dio la orden. Retirada tras los muros. Habían cumplido con su cometido que era repeler a la caballería y ahora tendrían que concentrarse en la defensa de las murallas para impedir que los soldados enemigos tomasen la ciudad.

Los arqueros disparaban continuas ráfagas de flechas incendiarias, que los soldados de San Javier desviaban con sus escudos. Parecían una gran tortuga acercándose lenta pero constante hacia la meta. Enormes escalas brotaban de entre la multitud, aferrándose a los bordes de la muralla. Por ellas, decenas de combatientes trataban de subir, pero eran repelidos por los nuestros a base de piedras y flechas. De la nada, aparecieron dos grandes ingenios mecánicos acabados en una punta giratoria, capaces de perforar la roca más dura. Se pusieron en marcha y cruzaban el valle mientras todos se iban apartando a su paso.

- ¡Mierda!, ¿qué vamos a hacer? – chilló Helena.

- ¡Los muros aguantarán!

Perforaban sin descanso, centímetro a centímetro, mientras nosotros les lanzábamos rocas, aceite hirviendo, flechas, lanzas envueltas en llamas y todo lo que estuviera a nuestro alcance para evitar que penetrasen. Por desgracia solo pudimos retenerlos unas cuantas horas y al amanecer ya estaban infectando la ciudad.

Refugiados en palacio, los supervivientes se reagrupaban abatidos.

Estábamos perdidos.

Los rebeldes no tardaron en invadir el edificio y llegar hasta nuestra posición. Yo trataba de mantener la compostura, aunque estaba aterrorizado. Me repetía a mí mismo que si aquello era un sueño no podría morir, pero tenía serias dudas al respecto. De pronto, el concejal San Javier hizo su aparición, rodeado de cinco soldados que se ocuparon de nuestra guardia en pocos segundos. Estábamos indefensos frente a ellos. Aquel rudo individuo con los ojos inyectados en sangre y mirada asesina se acercó a mí y se preparó para asestarme una cuchillada mortal. Cerré los ojos, preparado para morir, cuando escuché un gemido, un lamento interpretado por una voz familiar. Beltrán se había interpuesto entre la punta del puñal y mi cuerpo recibiendo el golpe por mí, justo en la espalda, por debajo de las costillas. Me miraba con una amorosa sonrisa en sus labios y apoyó sus antebrazos en mis hombros, colocando su mentón sobre mi clavícula. Con dificultad, pronunció en voz baja sus últimas palabras:

-Esta era mi misión. Te quiero papá.

Su cuerpo dejó de sostenerse y se deslizó lentamente hasta mis rodillas. Yo lo deposité en el suelo. No podía procesar lo que estaba ocurriendo ante mis ojos. Solo se oían los llantos de Helena que estaba siendo retenida por un hombre. Por su parte, el viejo estaba en la misma situación y yo me encontraba cara a cara con el concejal. En un ataque de ira lancé un puño contra su cara sin pensar en las consecuencias, pero lo esquivó con facilidad al tiempo que me propinaba un tremendo rodillazo en el estómago. Doblado por la mitad y sin aire en los pulmones me dejé caer a la espera del final.

Noté algo frío en la nuca seguido de un sonido atronador. Todos miramos hacia arriba y vimos una gran ola de agua amarilla que avanzaba eclipsando la luz del sol. Era como si de pronto nos hallásemos rodeados de un gigantesco muro de agua que avanzaba imparable hacia nosotros, tragándose todo aquello que se cruzaba a su paso.

Un tsunami se había formado al norte e iba a poner fin a la batalla de la Casa Blanca de las babosas gigantes, sin que se hubiera declarado oficialmente un vencedor.

Las tropas de los dos ejércitos, los campesinos, mujeres, niños, ancianos, animales, plantas, casas, en definitiva, todo lo que se metía en su radio de acción era engullido sin importar qué o quién fuese.

En un abrir y cerrar de ojos me encontré luchando por mantenerme a flote, arrastrado por la corriente y rezando por no toparme con ningún obstáculo y morir del golpe. Helena gritaba cerca. Traté de nadar hacia ella, pero era inútil.

La gran ola nos arrastró hasta los límites del bosque donde, con suavidad nos depositó en el suelo. A mi lado estaba ella, con los ojos muy abiertos, y totalmente inmóvil. Temí lo peor y me lancé a su rescate.

A la altura del antebrazo me colgaba inerte un amasijo de carne con la forma de mi mano izquierda, pero no me percaté de que me había fracturado los huesos hasta después de haber comprobado que la mujer respiraba.

-Estamos vivos.

Poco nos duró la alegría. Nada más incorporarnos recordamos lo que le había pasado a Beltrán.

-Beltrán…, -dije- pero no pude terminar la oración. Ella se levantó de un salto y empezó a correr en la dirección del palacio.

- ¡Beltrán!, ¡estaba en mis aposentos con el ama de cría!

Mientras apretaba la mano izquierda contra mi pecho con la derecha, corría con todas mis fuerzas junto a ella. Me ardían las piernas y me faltaba el aire, pero no podíamos parar. La angustia y la adrenalina nos hacían seguir pasase lo que pasase. Por el camino, los estragos del desastre natural al que acabábamos de sobrevivir se hacían patentes. Árboles caídos, casas derruidas hasta los cimientos, cuerpos esparcidos por doquier… Algunos se movían y se iban reagrupando aturdidos, tratando de recomponerse, buscando ayuda y sustento en quien quiera que estuviese cerca. Ya no había bandos enemigos, solo supervivientes que se ayudaban entre ellos si estaba en su mano. Los muros se habían convertido en escombros que se amontonaban frente a la ciudad, mezclados con armas y máquinas de guerra que carecían ya de todo sentido, únicamente formaban parte del caos.

En contra de nuestros temores el palacio seguía en pie. Aun con evidentes desperfectos la estructura estaba intacta, de modo que corrimos hacia él esperanzados. A pesar de que el pasillo estaba encharcado, los integrantes de ambos ejércitos trataban de secar y aprovechar lo que podían.

Nos abrimos paso entre el gentío hasta llegar a los aposentos. Entramos en la habitación de Helena y allí, acurrucados en la cama, el ama de cría y el bebé nos esperaban.

Helena cogió al niño en sus brazos y los tres nos abrazamos.

-Menos mal que estamos todos bien.

La casa blanca de las babosas gigantes

Capítulo VII

Tras aquello, la rebelión se disolvió. El pueblo estaba unido en su desgracia y nadie quería saber absolutamente nada de golpes de estado. Todos a una comenzamos la reconstrucción de una ciudad devastada.

Jamás volvimos a ver al viejo, ni encontramos el cuerpo del Beltrán adulto a pesar de las búsquedas y batidas por los alrededores. Al final los dimos por muertos y abandonamos toda esperanza.

Aunque evitábamos hablar del tema, los dos éramos conscientes del oscuro futuro que le aguardaba a nuestro hijo, pero la preocupación y la premura por evitarlo se fueron disipando con los años. Beltrán creció, como él mismo había vaticinado, en una familia llena de amor, en un palacio próspero y en un ambiente feliz.

Mientras yo gobernaba aquel maravilloso país, Helena dedicaba los días a la búsqueda de la solución a la anomalía. Dirigía con habilidad las minas de vidrio desde la Casa Blanca, haciendo crecer las riquezas del reino sin poner en peligro a los trabajadores.

Por desgracia sus investigaciones entraron en dique seco y la anomalía siguió creciendo sin parar hasta salirse de los límites de las cavernas.

Avanzó lentamente, expulsando al pueblo de sus hogares y confinándolo en un hábitat cada vez más reducido.

Habían pasado treinta y cinco años y prácticamente toda la población de Vidmar estaba en la ciudadela. Miles, habían muerto y la desesperación hacía mella en cada uno de nosotros. No había cultivos para poder alimentar a todo el mundo y la situación era ya insostenible cuando, de la nada, apareció el viejo.

Un buen día se presentó ante el trono. Físicamente estaba igual que en mis recuerdos del día en que fue arrastrado por el tsunami. Me levanté pesadamente. El paso de los años sí había hecho mella en mí y ya no era el chaval que había vivido aquellas aventuras.

-Me alegro de verle, majestad.

- ¡Maldito viejo!, ¿cómo es posible?

-Yo tengo mis secretos. Ya sabéis por qué he venido, ¿verdad?

- ¡No!, ¡no te vas a llevar a mi hijo!, ¡no lo voy a permitir!

Alcé mi báculo real con intención de asestar un duro golpe.

-Me temo, majestad, que Beltrán ya se ha ido. Lo envié esta misma mañana.

- ¡Hijo de puta!, ¿cómo te atreves traidor?, ¡haré que te corten la cabeza!, ¡guardia!

-Pero, ahora es cuando usted debe ir a recogerlo.

Mi sorpresa fue mayúscula. Mandé marchar a los soldados que prestos, habían acudido a la llamada de su soberano, para que se pudiese explicar.

- ¿A recogerlo?

-Sí. Beltrán no ha muerto, o más bien no morirá. Se encuentra en un tiempo remoto, antes de la monarquía, cuando los pueblos eran salvajes y la lucha estaba a la orden del día.

-Espera, viejo. Creí que ahora nos ayudarías a acabar con la anomalía. Mi pueblo está sufriendo. Aquí no hay cultivos para alimentar a todos. Moriremos tarde o temprano.

El hombre suspiró profundamente. Se acercó a mí y con la voz temblorosa me invitó a sentarme en el trono.

-Paco llama a Helena, es hora de que sepáis toda la verdad. – dijo con cariño.

La reacción de mi esposa no fue tan suave como la mía. En cuanto vio al viejo se lanzó como una fiera ávida de sangre a su cuello insultándole y pegándole con todas sus fuerzas.

Él no se defendía. Trataba de taparse, pero dejó que la mujer se desahogara durante unos minutos.

Cuando por fin se calmó, le pidió que tomara asiento con un gesto.

-Majestades, el día de la batalla, durante la gran ola, yo me hallaba junto a su hijo Beltrán que, como saben, estaba malherido. Mientras la corriente nos arrastraba conseguí alcanzarle y mantenerle a flote. Pensé que no lo contaríamos, pero aun así seguí luchando para no perderle cuando de repente, vi algo que flotaba cerca. Era moho, el moho mágico del que el chico me había hablado. Enseguida até cabos y supe lo que tenía que hacer. Me metí un poco en la boca, guardé todo lo que pude e hice que él también lo tragara. Al instante aparecimos en un tiempo pasado. Muchos años antes de que Vidmar fuese un país, en una tierra yerma y sin ningún tipo de orden. Allí, pude curar sus heridas y sobrevivimos juntos. Construimos una casa y comenzamos una nueva vida. Dediqué los días a investigar las propiedades del moho, cómo procesarlo para controlar los viajes y tras cinco años he logrado saber todo lo necesario.

- ¿Y por qué él no está aquí?, ¿dónde está mi hijo maldito viejo? – gritó Helena furiosa.

-Beltrán sigue en el pasado. Con mi primer intento desaparecí de allí, dejándolo a su suerte y he ido viajando, cambiando la composición de la mezcla, rebotando de una época a otra hasta llegar aquí. Entonces lo he resuelto. Estoy seguro de que estoy donde tengo que estar y de que he hecho lo que tenía que hacer porque ya lo había hecho antes.

- ¿De qué hablas chiflado?, estoy empezando a perder la paciencia.

-Cuando aparecí en este tiempo lo hice justo frente al Beltrán que conocí el día que Paco llegó a Vidmar y entonces lo supe. Tenía que enviarle a cumplir su misión para que todos los acontecimientos que vivimos pudieran llegar a suceder y que el mundo, tal y como lo conocemos, llegara a ser el que es. Ahora vosotros debéis traerlo de vuelta.

Ella asintió en silencio. De pronto, el dolor de creer que nuestro hijo se había ido para morir salvándome la vida en la batalla de la Casa Blanca, se disipó. Ambos nos sentimos completamente liberados del peso que habíamos arrastrado durante todos aquellos años.

-Hay algo que no entiendo. ¿Por qué le has dicho a Beltrán…, al Beltrán de nuestro tiempo, que nosotros estaríamos aquí arreglando el problema de la anomalía? - pregunté.

-Hace mucho que lo sabes. Nunca has querido admitirlo, pero sabes qué es este mundo y qué le está ocurriendo.

-Estamos en la botella. – Contesté mirando al techo.

-Exacto. ¿Y quién la sujeta?

-Nadie…, llevamos en caída libre desde que entré, porque allí no quedó nadie sosteniéndola. Ahora se ha roto y la anomalía es el exterior.

- ¿De qué demonios habláis? – gritó Helena.

- Este mundo está dentro de una botella de cerveza. Por eso los muros de vidrio en los que excavamos, de ahí el mar amarillo…, todo Vidmar está dentro de otro universo inmensamente más grande, del que su majestad procede. El tiempo también transcurre a otro ritmo. Los últimos treinta y cinco años aquí corresponden a casi dos segundos en el mundo exterior.

-Entonces, no hay solución. —cabizbajo, caí en la cuenta de que no podríamos salvar Vidmar. Todo aquel precioso país, sus habitantes y lo que habíamos construido acabaría desapareciendo sin remedio.

-Me temo que no. Pero hay una escapatoria para vosotros. Tengo cinco dosis de moho mágico mezclado con otros elementos y de dos maneras diferentes. Dos de ellas os llevarán al pasado donde está Beltrán. Una vez allí, los tres podréis salir de la botella y empezar una nueva vida en el exterior.

No había mucho que pensar, simplemente extendí la mano a la espera de que me las entregara sin esperar más explicaciones, aunque él continuó dándonos instrucciones.

-Apareceréis aquí mismo, en el lugar donde se erigirá el palacio. Caminaréis hacia el sur, cerca del linde del bosque, donde vuestro hijo y yo construimos nuestra casa. El estará esperando a que lleguéis. En cuanto lo veáis tenéis que contarle todo lo que os he dicho y convencerle de que se vaya con vosotros al mundo exterior. Para eso simplemente tenéis que comeros las dosis e instantáneamente os desvaneceréis y viajaréis, apareciendo junto a la botella. ¿Alguna pregunta?

Negamos con la cabeza mientras el viejo nos hacía entrega de cinco pastillas, dos de ellas de color verde y tres rojas.

-Una cosa más…

Antes de que terminara de pronunciar la frase, Helena ya se había tragado la suya. En pocos unos segundos, una luz tremendamente intensa brotó de cada uno de sus orificios. No parecía doloroso, pero si aterrador.

Poco a poco su cuerpo fue menguando como si encogiera para hacerse, finalmente invisible.

-Toma, te hará falta.

Me entregó una bolsa de cuero marrón cerrada. Sin tomarme la molestia de abrirla, consumí el moho y enseguida comencé a experimentar un hormigueo por todo el cuerpo, como si todas mis extremidades se hubiesen dormido a la vez. Me cegó la claridad, solo podía escuchar un incesante pitido y tenía la sensación de que todos mis músculos estaban paralizados. Finalmente, oscuridad absoluta durante unos segundos y al cabo de ese tiempo, como una televisión o un ordenador que se arregla solo al reiniciarlo, sin que sepas lo que has hecho, todo volvía a funcionar con normalidad.

En la colina del palacio todo estaba cambiado. No había ni una sola construcción a la vista, ni las casas de la ciudad ni los muros, ni el majestuoso edificio en que vivíamos. Helena estaba tan confusa como yo, reconocíamos el lugar y el paisaje, el horizonte era el que habíamos estado viendo cada mañana durante los últimos treinta y cinco años, pero como si alguien hubiera arrancado la parte inferior de la postal.

- ¿Vamos?

Estaba impaciente por encontrarse con nuestro hijo, aunque en realidad para nosotros solo habían pasado unas cuantas horas desde la última vez que habíamos estado con él. Pretendí hacer aprecio a ese detalle, pero ella no estaba por la labor de relajarse.

-Beltrán ha estado cinco años sin vernos. ¿Tú cómo te sentirías?

Siempre había demostrado más empatía. Los problemas del pueblo llegaban a afectarle profundamente, se preocupaba y se ponía en los zapatos de sus semejantes. En cambio, yo pequé en varias ocasiones de falta de sensibilidad a este respecto, a lo largo de todos mis años de mandato, aun apoyándome en el bien mayor. Por suerte, Helena nunca dejó de ayudarme y aconsejarme. Sin ella nunca habría llegado a ser el soberano que fui.

Paseamos por el valle, disfrutando del aroma silvestre, el paisaje, la naturaleza, la ausencia del bullicio que normalmente había por allí. A pesar de lo mucho que amábamos nuestra ciudad, de vez en cuando nos escapábamos al bosque para evadirnos de todo aquel ruido y de los súbditos, que siempre encontraban el momento menos oportuno para asediarnos con problemas o peticiones. El bosque significaba paz, y muy a menudo la necesitábamos para mantenernos cuerdos.

La casa de Beltrán era una modesta construcción de madera. Se notaba que la habían hecho con sus propias manos por la falta de los detalles que solo un constructor experimentado podría haber implementado. No obstante, parecía un lugar acogedor. Rodeado de una valla de madera, varias babosas pastaban a su aire en las inmediaciones, un granero guardaba las provisiones para el invierno, aperos de labranza en un cobertizo..., lo necesario para una vida en el campo.

-Parece que se las apaña como campesino.

-Algo habremos hecho bien con su educación.
—Me contestó entre risas.

Accedimos, llamamos a la rústica puerta de madera y nada más tocarla se abrió con un leve crujido. Dentro, sentado en una silla orientada hacia nosotros, estaba nuestro hijo.

- ¡Cómo habéis tardado!

- ¿Acaso sabías que íbamos a venir?

Se levantó cansadamente. La vida de labriego no lo había tratado bien. Su piel estaba bronceada y castigada por el sol, contaba con muchas más arrugas en sus ojos y el pelo lleno de canas. Sin embargo, a pesar el evidente agotamiento físico, parecía feliz. Algo en él era distinto, no sabría definirlo exactamente, pero no era el mismo chico que conocíamos, parecía más experimentado y no me refiero solo a los cinco años que llevaba atrapado en aquella época.

En cuanto se separó de la silla dejó a la vista algo con lo que no contábamos. Una cuna de madera se balanceaba levemente con un bebé retozando dentro.

-Es vuestro nieto. Paco como tú, papá.

Helena, con los ojos encharcados en lágrimas lo cogió en brazos. Se podía ver que lo amaba. Desde ese instante quiso a ese pequeño como suyo y lo abrazó henchida de orgullo.

-Mierda, ¿qué vamos a hacer ahora? —les dije.

-Hijo mío, -sin soltar al niño, mi esposa empezó a explicar a Beltrán todo lo que nos había dicho el viejo – tenemos que irnos de Vidmar a un mundo exterior. No sé si he entendido los detalles, pero aquí no tenemos futuro. Por desgracia, el viejo solo nos ha dado tres pastillas así que yo me quedo aquí.

- ¡De eso nada!, ¡No te lo voy a permitir! —grité.

-Lamento el engaño, mamá. Pero no ha habido ningún problema ni malentendido. – Beltrán puso fin a nuestra discusión. - El viejo os ha dado las pastillas justas. Os iréis los tres, yo tengo que quedarme aquí. ¿No traéis nada para darme?

Recordé entonces la bolsa. Dentro solo había un lienzo enrollado y en cuanto lo vi me di cuenta de que tenía razón.

- ¿Por qué tienes que quedarte? Cariño, tienes que venir, aquí no hay nada para ti ni para el bebé. Podemos ser una familia

-Eres el viejo, ¿verdad? —concluí, interrumpiendo la tentativa de mi esposa de que el chico cambiara de opinión.

Aquel lienzo era el cuadro que había estado colgado sobre el altar desde el primer día, antes de que yo llegara a Vidmar. El viejo había instaurado la monarquía, pero evidentemente no siempre había sido viejo…

-Eso es, papá. Yo tengo que quedarme para hacer que todo llegue a pasar como ha pasado. He de asegurarme de que tú seas el rey y de que todos los acontecimientos que os llevaron a adoptarme como vuestro hijo lleguen a suceder. De lo contrario todo lo que hemos sido y vivido no llegará a pasar. Sus ojos brillaban. Estaba haciendo el mayor sacrificio motivado por su amor hacia sus padres.

Nos fundimos en un abrazo, Helena no dejaba de repetirle lo mucho que le amaba y todo lo que le iba a echar de menos.

-No tenemos prisa. – Le dije- ¿Por qué no nos quedamos contigo? ¿Qué más da que explote Vidmar?, nosotros podemos ser felices juntos.

-Las cosas no pasan así. Conocéis la historia igual que yo. Sé que es doloroso, que es tentador, pero si ahora tomamos una decisión que cambie el pasado nunca seremos una familia. No sabemos qué podría pasar, a lo mejor sale bien o a lo mejor simplemente dejamos de existir en este instante. No puedo hacerle eso a mi pequeño.

Me cogió la mano en cuyo interior apretaba las pastillas de moho mágico rojas con todas mis fuerzas.

-Es hora de irse. Yo tengo otras dos pastillas para los últimos dos viajes en el tiempo que nadie hará hasta el día de la gran ola. Con una iré a la prisión donde nos tuvo el alcalde, entregaré un bebé que está a punto de nacer en las tierras de los vidrieros al viejo y vosotros lo acogeréis y lo criaréis como vuestro hijo. Con la otra volveré e instauraré la monarquía en tu nombre, papá.

Capítulo VIII

Al reaparecer, tras el viaje, supe que algo había salido mal. Estábamos de pie, en la cocina de la casa de mi abuelo, la botella intacta en el suelo, entre nosotros. Helena ilusionada, miraba alrededor, pero aquella casa no estaba igual que el día en que me fui. No había muebles ni decoración, era como si estuviera recién construida.

Entonces salí corriendo, crucé la puerta principal y bajé por la escalera que estaba completamente limpia y sin ningún signo de envejecimiento. La pintura de las pares brillaba como nueva, sin marcas de uso.

En la calle incluso el aire olía diferente, no había polución, el tráfico consistía en apenas unos cuantos coches que iban arriba y abajo. Modelos antiguos, lo que hacía aumentar mi seguridad de que algo no andaba bien.

En la esquina de la calle había un kiosco que recordaba de mi niñez. Un lugar en el que se vendían revistas, periódicos y chucherías al que mi abuela solía llevarme para comprar algún dulce al terminar el colegio. Cogí un periódico y me quedé petrificado al ver la fecha de la impresión.

1992.

Entonces comprendí lo que pasaba. El bebé que mi mujer sostenía amorosamente no era otro que Paco Cabrales, rey de Vidmar, señor de la casa blanca de las babosas gigantes y la que os acabo de contar, la increíble historia del hombre que fue su propio abuelo.